Gröls Verlage

„Bücher sind wie Fallschirme. Sie nützen uns nichts, wenn wir sie nicht öffnen."

Gröls Verlag

Redaktionelle Hinweise und Impressum

Das vorliegende Werk wurde zugunsten der Authentizität sehr zurückhaltend bearbeitet. So wurden etwa ursprüngliche Rechtschreibfehler *nicht* systematisch behoben, denn kleine Unvollkommenheiten machen das Buch – wie im Übrigen den Menschen – erst authentisch. Mitunter wurden jedoch zum Beispiel Absätze behutsam neu getrennt, um den Lesefluss zu erleichtern.

Um die Texte zu rekonstruieren, werden antiquarische Bücher von Lesegeräten gescannt und dann durch eine Software lesbar gemacht. Der so entstandene Text wird von Menschen gegengelesen und korrigiert – hierbei treten auch Fehler auf. Wenn Sie ebenfalls antiquarische Texte einreichen möchten, finden Sie weitere Informationen auf www.groels.de

Viel Freude bei der Lektüre wünscht Ihnen das Team des Gröls-Verlags.

Adressen

Verleger: Sophia Gröls, Im Borngrund 26, 61440 Oberursel

Externer Dienstleister für Distribution & Herstellung: BoD, In de Tarpen 42, 22848 Norderstedt

Unsere „Edition | Werke der Weltliteratur" hat den Anspruch, eine der größten und vollständigsten Sammlungen klassischer Literatur in deutscher Sprache zu sein. Nach und nach versammeln wir hier nicht nur die „üblichen Verdächtigen" von Goethe bis Schiller, sondern auch Kleinode der vergangenen Jahrhunderte, die – zu Unrecht – drohen, in Vergessenheit zu geraten. Wir kultivieren und kuratieren damit einen der wertvollsten Bereiche der abendländischen Kultur. Kleine Auswahl:

Francis Bacon • Neues Organon • **Balzac** • Glanz und Elend der Kurtisanen • **Joachim H. Campe** • Robinson der Jüngere • **Dante Alighieri** • Die Göttliche Komödie • **Daniel Defoe** • Robinson Crusoe • **Charles Dickens** • Oliver Twist • **Denis Diderot** • Jacques der Fatalist • **Fjodor Dostojewski** • Schuld und Sühne • **Arthur Conan Doyle** • Der Hund von Baskerville • **Marie von Ebner-Eschenbach** • Das Gemeindekind • **Elisabeth von Österreich** • Das Poetische Tagebuch • **Friedrich Engels** • Die Lage der arbeitenden Klasse • **Ludwig Feuerbach** • Das Wesen des Christentums • **Johann G. Fichte** • Reden an die deutsche Nation • **Fitzgerald** • Zärtlich ist die Nacht • **Flaubert** • Madame Bovary • **Gorch Fock** • Seefahrt ist not! • **Theodor Fontane** • Effi Briest • **Robert Musil** • Über die Dummheit • **Edgar Wallace** • Der Frosch mit der Maske • **Jakob Wassermann** • Der Fall Maurizius • **Oscar Wilde** • Das Bildnis des Dorian Grey • **Émile Zola** • Germinal • **Stefan Zweig** • Schachnovelle • **Hugo von Hofmannsthal** • Der Tor und der Tod • **Anton Tschechow** • Ein Heiratsantrag • **Arthur Schnitzler** • Reigen • **Friedrich Schiller** • Kabale und Liebe • **Nicolo Machiavelli** • Der Fürst • **Gotthold E. Lessing** • Nathan der Weise • **Augustinus** • Die Bekenntnisse des heiligen Augustinus • **Marcus Aurelius** • Selbstbetrachtungen • **Charles Baudelaire** • Die Blumen des Bösen • **Harriett Stowe** • Onkel Toms Hütte • **Walter Benjamin** • Deutsche Menschen • **Hugo Bettauer** • Die Stadt ohne Juden • **Lewis Caroll** • *und viele mehr….*

Magda Trott

Försters Pucki

Eine Erzählung für Kinder

Inhalt

Klein-Hedis Freunde

Durch den im Frühlingssonnenschein liegenden Garten des Försters Sandler schritt langsam und bedächtig die vierjährige Hedi. Der frische Wind blies die weißblonden Löckchen in das gerötete Antlitz, aus dem ein Paar strahlend blaue Augen schauten. Zärtlich wiegte sie auf den Armen ihr Puppenkind. Es war kein schönes Kind, es hatte eine abgeschlagene Nase und zerkratzte Wangen. Aber das machte nichts; Hedi liebte ihre Diana von ganzem Herzen. Ihr zur Seite trottete Harras, der braune Jagdhund. Er machte einen würdevollen Eindruck und schaute Hedi oftmals an, als wollte er sagen: Ich weiß genau, daß ich auf die Tochter meines Herrn aufpassen muß, weil unsere Pucki sehr übermütig sein kann. Habe ich sie nicht kürzlich aus dem Bach geholt, als sie die ersten Veilchen pflücken wollte?

„Oh – wie das alles wächst! – Sieh nur, Harras, wie das wächst!“

Die kleine Försterstochter betrachtete verzückt die kleinen grünen Blättchen an der Hecke, die den Garten umgab. Die blauen Augen richteten sich auf die hohen Kastanienbäume.

„Guck, Harras – so viele Lichtchen!“

Der Hund ließ einen knurrenden Laut hören. Da hob Hedi ihr Puppenkind empor und jubelte:

„Guck, Diana, alles wächst, alles wird groß, wir freuen uns!“

Mit tollen Sprüngen, immer den Hund zur Seite, jagte Pucki durch den großen Garten. Es war aber auch eine Lust, hier leben zu dürfen. Draußen der große, grüne Wald, in dem Harras tagaus, tagein umherlief, dann der prächtige Garten, das grünberankte Haus; man mußte sich in dieser Umgebung glücklich fühlen.

Und Hedi Sandler war glücklich. Wenn man sie fragte, so sagte sie jedem mit überlauter Stimme:

„Kein Vati, keine Mutti sind so schönes Spielzeug wie mein Harras – wir spielen immer sehr schön zusammen."

Der Wald mit seinen hohen Bäumen war ihr ein lieber Freund. Jedes Tierchen, wenn es auch noch so unscheinbar war, wurde von ihr geliebt, an jedem Morgen gab es neue Freuden für das fröhliche, glückliche Försterkind.

Aber heute war es ganz besonders schön! Hedi hielt plötzlich im Laufen inne, hielt dem Hund die Puppe hin und sagte weich und zärtlich:

„Harras, du bist Vati, nimm dein Kind und schaukele es; die Mutti ist müde. – Oh, die Mutti hat das Kind den ganzen Tag tragen müssen. – Da, Harras, pack zu!"

Harras, der folgsame Hund, ließ sich das Puppenkind ins Maul legen und trug es seiner kleinen Gebieterin nach.

„Vati – morgen kommt der Osterhase und bringt dir Ostereier. – Vati, wir wollen unserem Kindchen auch ein Osterei schenken. Ein schönes Osterei! Und mir muß der Osterhase ein paar Holzpantoffeln bringen. – Harras, du darfst das Kindchen doch nicht so schütteln!"

Der Hund hielt sofort den Kopf still und schaute Hedi mit seinen klugen Augen an. Er kannte jeden Tonfall der Kinderstimme. Oft genug war er das Familienoberhaupt dieser merkwürdigen Familie.

Hedi klopfte Harras zärtlich auf den Kopf, dann griff sie nach seinen langen hängenden Ohren, streichelte sie zärtlich und sagte:

„Horch mal, Harras-Vati, ob vielleicht der Osterhase schon kommt? Du hast ja so große Ohren, du mußt ihn hören. – Weißt du, der Osterhase mit dem goldenen Schwänzchen! – Du kennst ihn doch? – Nun paß gut auf!"

Plötzlich brach der Hund in lautes Bellen aus, ließ das Puppenkind zur Erde fallen und lief davon. Mit einem Satz war er über die Hecke gesprungen und jagte hinein in den Wald.

Hedi ließ einen langen Seufzer hören, nahm die Puppe auf und drückte sie zärtlich an sich.

„Husch – ist der Vati weg! Aber die Mutti ist noch da. – Hat sich mein Kindchen sehr an die Nase geschlagen?"

Hedi wickelte die Puppe in die Schürze und begann mit wenig schöner, krähender Stimme zu singen: „Schlaf, Kindchen, schlaf, draußen steht ein Schaf."

Der Gesang brach jäh ab. Das kleine Mädchen hob lauschend den blonden Kopf und sah auf der Straße den Vater daherkommen, der in seiner schmucken, grünen Uniform dem Forsthaus zuschritt. Wedelnd umsprang ihn Harras.

„Vati!"

Das Puppenkind flog im Bogen auf die Erde, mit ausgebreiteten Armen eilte die Vierjährige dem Vater entgegen.

„Hast du den Osterhasen mit dem goldenen Schwänzchen gesehen?"

„Natürlich – er hat mich auch gefragt, ob unsere Pucki auch ein artiges Mädchen ist."

„O-o-o", klang es gedehnt zurück. „Muß der Osterhase immer so was fragen? – Hat er mit dem goldenen Schwänzchen gewackelt, als du ihm sagtest, daß ich – ein artiges Mädchen bin?"

„Das habe ich ihm nicht sagen können, Pucki, denn artig bist du in den letzten Tagen gerade nicht gewesen."

„Weil doch die Jungen immer so unartig sind, Vati, da muß doch Pucki auch unartig sein."

„Wenn die Niepelschen Jungen ein bißchen wild sind, brauchst du als Mädchen doch nicht alles mitzumachen, Pucki! Aber nun komm ins Haus, Mutti wird schon mit dem Mittagessen warten. – Na, Harras, hast du auf Pucki auch gut aufgepaßt?"

Der Hund rieb den Kopf am Kleide des kleinen Mädchens, als wollte er sagen: Ich weiß schon, was ich zu tun habe.

„Vati, es ist furchtbar schwer, artig zu sein. Wenn ich erst groß bin, bin ich immer artig. Dann sitze ich den ganzen Tag auf dem Kohlenkasten bei der Minna und esse Schmalzschnitten mit Käse. Der Osterhase hat auch nicht gesehen, wenn Pucki unartig ist. – Sag, Vati, wird er morgen kommen?"

„Vielleicht!"

„Na, dann können wir ja froh sein."

Förster Sandler war noch ein junger Beamter, der erst vor drei Jahren nach der Försterei Birkenhain gekommen war. Mit seiner schmucken, hübschen Frau lebte er sehr glücklich; die kleine Tochter machte dem jungen Ehepaar viel Freude. Hedi war aber auch ein sonniges, reizendes Mädchen, das in der ganzen Gegend beliebt war. In der Waldeinsamkeit aufgewachsen, kannte ihr Herzchen noch keinen Falsch. Schon jetzt zeigte sich ihre große Liebe zur Natur, zu den Tieren, und sie konnte sich mit Hühnern und Kaninchen genau so gut unterhalten und beschäftigen wie mit den drei Kindern des Gutsbesitzers Niepel, der seinen Besitz etwa eine halbe Stunde von der Försterei Birkenhain entfernt hatte. Wenn Niepel zur Stadt Rahnsburg fahren wollte, mußte er an der Försterei vorbei. Oftmals hielt er den Wagen dort an, um dem kleinen Blondköpfchen etwas Obst oder eine Süßigkeit zuzustecken. Erst vor wenigen Monaten war in seinem Hause ein kleines Mädchen angekommen. Seine drei Buben waren gleichaltrig und zwei Jahre älter als Hedi Sandler. Mit den Drillingen tobte das Försterkind oftmals umher. Es ließ sich geduldig necken, war aber auch für manchen lustigen Streich gern zu haben. Nun brachte der Frühling eine Änderung in das gewohnte Leben, da Paul, Walter und Fritz Niepel gleich nach Ostern zur Schule kamen.

Vor der Schule hatte Hedi Sandler geradezu Furcht. Alle drei Spielkameraden erklärten einstimmig, daß es dort fürchterlich zuginge. Sie warnten Hedi, nicht so rasch sechs Jahre alt zu werden, damit sie nicht auch dauernd in der Stube sitzen müsse, anstatt wie bisher draußen in Feld und Wald umhertollen zu können. Wenn auch die Eltern immer wieder erklärten, daß die Schule etwas sehr Schönes sei, so war Hedis Herz doch voller Mitleid mit den drei Knaben, für die die schöne Zeit des Spielens nun vorüber war.

„Aber Hedi“, tadelte die Mutter, als das Kind das Zimmer betrat, „willst du mit so unsauberen Händen zu Tisch kommen?“

Die Kleine zog den blonden Kopf zwischen die Schultern und huschte aus dem Zimmer. Das Händewaschen war eine schreckliche Einrichtung. Der gute Harras brauchte sich nicht so oft zu waschen; nur die Miezekatze putzte sich den ganzen Tag mit den Pfötchen das Gesicht.

In der Küche war Minna, das Hausmädchen, gerade dabei, die Kartoffeln auszuschütten. Hedi legte die Hände auf den Rücken und schaute aufmerksam zu. Es sah so hübsch aus, wenn der Dampf aus dem Topf gekrochen kam.

„Wo hast du denn deine Pantoffeln?“

„Ins Zimmer geht man nicht mit Pantoffeln.“

„Wo hast du sie denn?“

Die Magd wies mit dem Kopf nach dem Flur. Richtig, dort standen die derben Holzpantoffeln, die immer so wunderschön klapperten, wenn Minna eiligen Schrittes durch den Hausflur ging. Hedi kauerte sich nieder und betrachtete die Holzpantoffeln mit geradezu liebevollen Blicken. Solche klappernden Pantoffeln wünschte sie sich schon lange. Sie war zwar schon mehrmals damit hingefallen, trotzdem war es herrlich, damit herumzulaufen. Auch jetzt schoben sich die kleinen Kinderfüße wieder in die großen Öffnungen und – klapp – klapp – klapp – ging es durch den Flur.

„Minna, wenn mir doch der Osterhase auch ein Paar Pantoffeln brächte, aber auch so große wie die hier.“

„Sollst du dir nicht die Hände waschen und zum Essen gehen?“

Mit einem bedauernden Blick nahm das kleine Mädchen Abschied von den geliebten Pantoffeln und stellte sie in den Winkel zurück. Dann tauchte es hastig die kleinen Hände in das mit Wasser gefüllte Waschbecken, trocknete sie am Handtuch ab und verzog das Gesicht.

„O je, Minna, das Handtuch ist schmutzig!"

Das Handtuch wies deutlich die Spuren der kaum gewaschenen Kinderhände auf. Hedi lief rasch ins Eßzimmer und setzte sich artig auf den Stuhl. Als sie aber den Löffel zur Hand nahm, bemerkte Hedi den strafenden Blick der Mutter.

„Solltest du dir nicht die Hände waschen, Pucki?"

„Sieh dir nur das Handtuch an, ich hab' gewaschen."

Frau Sandler wies schweigend zur Tür, und beschämt mußte das Kind nochmals hinaus in die Küche gehen, um die Hände zu reinigen.

„Immer sind die ollen Hände schmutzig", schmollte die Kleine. „Wenn ich erst groß bin und immerzu meine Gänseschmalzschnitte esse, wasche ich mir die Hände nicht mehr. – Der Paul hat auch immerzu schmutzige Hände."

Der Ärger des kleinen Mädchens war bald wieder verflogen, als der Vater beim Mittagessen erzählte, daß heute nachmittag Frau Niepel vorüberkäme, da sie in der Stadt noch Besorgungen zu machen hätte.

„Mit 'nem weißen Pferdchen?" fragte Hedi interessiert.

„Ja, mit dem weißen Pferdchen."

Hedi schlug erfreut die kleinen Hände zusammen. „Dann muß Hedi ein Stück Zucker für das weiße Pferdchen haben! – Vati, bringt der Osterhase dem weißen Pferdchen auch ein Osterei?"

„Pferdchen brauchen keine Ostereier."

Das weiße Pferdchen beschäftigte Hedi den ganzen Nachmittag. Das Kind stand am Gartenzaun und wartete sehnsüchtig auf den Wagen. Endlich war es so weit. Mit einem Freudengeheul stürmte das Kind dem Gefährt entgegen.

Neben Frau Niepel saßen zwei sechsjährige Knaben, die eilig aus dem Wagen sprangen, als er vor dem Forsthaus anhielt. Es waren Paul und Walter, die die Mutter begleitet hatten.

Hedi blickte sich suchend um. „Wo habt ihr denn den dritten Bruder?"

„Kein Platz, er sitzt daheim. – Du, wir bleiben bei dir, bis Mutter aus der Stadt zurückkommt."

„Ich will erst dem Pferdchen guten Tag sagen."

Das Tier schien Hedi gut zu kennen; es hatte den Kopf nach ihm umgewandt.

„Es wackelt mit den Ohren wie mein Nuck! – Ach, du süßes Pferdchen – guten Tag!"

Unerschrocken reichte sie dem Pferd das Stück Zucker, das sie von der Mutter erbeten hatte.

„Wenn du morgen wiederkommst, Pferdchen, kriegst du ein Osterei."

Inzwischen war auch Frau Sandler aus dem Haus getreten, um Frau Niepel herzlich zu begrüßen. Beide tuschelten leise zusammen, galt es doch, in der Stadt noch einige Osterbesorgungen zu machen, die die Kinder nicht zu hören brauchten. Trotzdem drangen einige Worte zu den beiden Knaben hinüber. Der blonde Paul, der recht zahlreiche Sommersprossen im Gesicht hatte, ließ ein lautes Lachen hören.

„Ich will ein Osterei, so groß wie die goldene Kugel in unserem Garten. Ein anderes will ich nicht! Bring mal so eins mit, Mutter. Der Ziegler hat welche."

„Und mir eins aus Schokolade, noch viel größer", rief Walter, der zweite der Drillinge.

„Wenn du den Osterhasen siehst, Tante, dann sage ihm doch, daß ich ein bißchen artig war."

„Quatsch – Osterhase", meinte Paul, „ich habe schon viele Hasen gesehen."

„Mit goldenem Schwänzchen?“ fragte Hedi.

„Quatsch! – Der Hase hat kein goldenes Schwänzchen.“

„Aber der Osterhase hat eins, und goldene Ohren, die immerzu wackeln, wenn er ein Ei legt.“

Paul und Walter lachten laut. „Bist du aber dumm! – Es gibt überhaupt keinen Osterhasen. – Der Konditor macht die Ostereier aus Schokolade und Marzipan. Mutter fährt jetzt zur Stadt und kauft beim Konditor die Ostereier. Aber – du bist eben ein kleines Mädchen, und kleine Mädchen sind immer dümmer als Jungens.“

„Du bist dumm!“

„Hahaha – sie glaubt noch an den Osterhasen! – Frage doch deinen Vater. Nu komm endlich zu den Ziegen!“

Hedi lief davon und stellte sich mit ausgebreiteten Armen vor den Ziegenstall.

„Ich zeige dir die Ziegen nicht, du hast die Ziege beim letztenmal so am Schwanz gezogen, daß sie geschrien hat. – Die Ziege kann dich nicht leiden. – Geh weg!“

„Ich will aber die kleinen Ziegen sehen.“

Energisch schüttelte Hedi den Kopf. „Ich zeige sie dir nicht! Die Mutter von den kleinen Ziegen hat Angst, wenn du kommst. Und die Mutter hat mir gesagt, ich soll gut aufpassen auf die kleinen Ziegenkinder.“

Da beugte sich Paul nieder und riß von einem Baum einige kleine Zweiglein ab, an denen sich gerade die ersten Blüten zeigten.

„Ich bringe ihr was zu fressen. – Nun zeige mir die Ziegen.“

Über Hedis Gesicht glitt ein Schatten, sie wurde tief traurig. Die helle Kinderstimme zitterte vor Bewegung, als sie sagte:

„Nun hast du dem armen Baum weh getan – alles das sind doch seine Kinderchen, und später werden es mal Kirschen. – Man soll einem Baum nicht die Kinderchen nehmen. – Sieh doch, lauter kleine weiße Knöpfchen! – O weh, der arme Baum!“

„Wenn's weiter nichts ist! Ich reiße immer Blätter von den Bäumen.“

„Das sollst du aber nicht“, rief Hedi, „du würdest auch mächtig schreien, wenn ich dir die Haare ausreißen wollte.“

Paul lachte und griff erneut in die tief herabhängenden Zweige des Kirschbaumes. Doch da stand das kleine Mädchen neben ihm. Die kleinen Hände packten die blonden Locken des Knaben, und grimmig rief es aus:

„Wenn du noch mehr vom Baum abreißt, reiße ich dir auch die Haare aus!“

„Laß los!“ schrie Paul.

Der andere Knabe stand mit einem ängstlichen Gesicht abseits und betrachtete die beiden Kämpfenden. Erst als Paul die Zweige des Baumes wieder losließ, sanken auch Hedis Hände herab.

„Ein böser Junge bist du doch! Und nun komm, jetzt zeige ich dir die kleinen Ziegen, aber anfassen darfst du sie nicht.“

„Ich will die Ziegen jetzt nicht mehr sehen. Wir haben viel mehr Kühe, Pferde und Schweine als ihr. Und wenn ich nach Hause komme, kann ich die Kühe alle an den Schwänzen ziehen. Da sagt niemand was, und es tut ihnen auch nicht weh.“

Hedi hatte die abgerissenen Zweige des Kirschbaumes aufgehoben und mitleidig betrachtet. Sie ging an den Stamm des Baumes und ließ liebkosend die Hände darüber gleiten.

„Hat er dir so viele Kinderchen fortgenommen, der böse Junge! Aber weine mal nicht, du kriegst wieder viele neue Kinderchen. Und die Kinderchen werden alle groß und werden rote Kirschen. Dann kommen sie zu uns und sagen: Eßt uns auf, wir wollen alle zu dir!“

„Was redest du immerzu?“ fragte Walter.

„Und dann kommen die Sperlinge zu den roten Kirschenkindern und sagen: Wir möchten auch gerne was haben, und der gute Kirschbaum läßt sie essen und sagt: Ich will euch eine Freude machen, aber ihr müßt dann auch schön singen. Am Abend sitzen die Vögelchen alle zusammen und singen dem Kirschbaum ein Lied. Dann freut er sich und schläft bis zum anderen Morgen. Und in der Nacht kommt die Traumfee und erzählt dem Kirschbaum von den kleinen Sperlingskindern, die alle sehr froh sind, daß der Sperlingsvati ihnen eine Kirsche gebracht hat. Dann freut sich der Kirschbaum, pustet sich auf und macht die Kirschen noch viel größer."

Walter Niepel betrachtete neugierig den Baum. Wenn er bei Hedi war, wußte die Kleine immer etwas Sonderbares zu erzählen. Das hörte er gern. Er wies auf gelbe Blümchen, die schon neugierig die Köpfchen aus der Erde gestreckt hatten.

„Kommt die Traumfee auch zu den gelben Blumen dort drüben?"

Hedi lief zu einem Busch Himmelschlüssel, kauerte sich nieder und winkte mit den kleinen Fingerchen den Gefährten heran.

„In jeder Nacht kommt ein Englein zu diesen Blümchen, denn sie kommen aus dem Himmel, darum heißen sie auch Himmelschlüssel."

„Ach!"

„Ja – da ist der Diener vom lieben Gott mal hinter dem lieben Gott hergegangen, und als sich der liebe Gott umgedreht hat und sagte: Du, schließe mir mal ganz schnell die Türe zum Himmel auf, hat der Diener so einen Schreck bekommen, daß ihm die goldenen Schlüssel, pardauz – durch die Wolken gefallen sind, ganz, ganz tief herunter! Und dann haben sie sie gesucht. Aber Mutter Erde hat gesagt, daß sie aus den Schlüsseln ein Blümchen machen will. – Guck mal, so sehen die Schlüssel aus, die der liebe Gott braucht, um den Himmel aufzuschließen."

„Sind nun die Schlüssel gerade in euren Garten gefallen?"

Hedi überlegte ein Weilchen, dann sagte sie ernsthaft:

„Ja – so wird es wohl sein."

„Ich habe aber beim Schmanzbauern auch Himmelschlüssel gesehen. Sind dort auch die Schlüssel vom lieben Gott hingefallen?"

„Er wird wohl viele Schlüssel gebraucht haben, um in den Himmel zu gehen. Als nun die Schlüssel durch die Wolken fielen, sind die Englein gekommen und haben die vielen Schlüssel auseinandergepustet. Da sind auch ein paar Schlüssel zum Schmanzbauer gefallen."

„Warum sind denn zu uns keine Schlüssel gefallen?"

Hedi wollte eben eine Antwort darauf geben, als sie ein lautes, ärgerliches Bellen des Jagdhundes hörte. Die Kleine schaute sich um.

„Ich glaube, der böse Junge ärgert schon wieder den guten Harras."

Mit fliegendem Röckchen eilte das Kind durch den Garten. – Richtig, dort stand Paul und hatte dem Harras einen Bindfaden um ein Ohr gebunden. Der gutmütige Hund bellte zwar den unnützen Knaben an, versuchte mit der Pfote den Bindfaden zu lösen, aber es gelang ihm nicht. Als er Hedi kommen sah, sprang er seiner kleinen Beschützerin entgegen und hielt ihr das zugebundene Ohr hin.

„Oh, wie bist du garstig", schalt das Kind, „na warte nur, mein Vati sagt, für alles, was man Schlimmes tut, bekommt man seine Strafe. Wenn du erst in der Schule bist, bindet dir der Lehrer auch die Ohren zu und knurrt dich an. Und keine Traumfee kommt zu dir, nur schwarze Männer, die fahren dir mit einem Besen ins Gesicht. Dann mußt du dich immerzu waschen."

Doch Paul lachte nur zu den mahnenden Worten und schlenderte weiter durch den Garten, gefolgt von seinem Bruder und Hedi. Schließlich kamen alle drei an den großen Sandhaufen. Dort war aller Hader sogleich vergessen, ein lustiges Spiel begann und die Freundschaft war erneut geschlossen.

Paul wird gestraft

„Mutti, liebe Mutti, zieh mir nicht das alte Kleid an! Ich möchte heute keine Frau sein, sondern ein Junge."

Frau Sandler schüttelte den Kopf. Das hübsche, neue Kleidchen schien keinen Eindruck auf Hedi gemacht zu haben.

„Du sollst niedlich aussehen, wenn du heute nachmittag zu Onkel und Tante Niepel fährst."

„Mutti, bitte, bitte, ich möchte ein Junge sein. Ich hole mir meine Höschen."

„Aber Hedi, du kannst nicht in den Spielhöschen zu Besuch gehen."

„Ich kann schon, Mutti."

„Warum willst du das neue Kleid nicht anziehen?"

„Weil der Paul dann sagt, daß ich ein dummes Mädchen bin. Bei Onkel Niepel dürfen wir auf die hohe Leiter kriechen. Und wenn ich dann ein Mädchen bin, lassen mich die Jungen nicht 'rauf. – Ich möchte heute ein Junge sein."

„Du brauchst mit den drei Buben nicht immer mitzuklettern. Kleine Mädchen müssen artiger sein als Jungen."

„Warum denn, Mutti?"

„Weil sie schon ein viel feineres Stimmchen haben und weil sie der liebe Gott nicht so kräftig geschaffen hat wie die Knaben."

Die Vierjährige schlug ein lautes Lachen an, dann sagte sie mit tiefer Stimme:

„Ach, Mutti, so finster wie ich kann nicht mal der Paul sprechen. – Hör mal zu! – Und den Fritz habe ich neulich verprügelt. – Oh, ich hab' schon Kräfte. Der liebe Gott hat gemeint, ich bin ein Junge."

„Du bist unser liebes, kleines Mädchen und sollst es bleiben. Ich möchte auch ein artiges kleines Mädchen haben, keinen Eigensinn, wie du manchmal einer bist. Du sollst doch später ein liebes Mädchen werden, das alle Menschen gern haben."

„Ja, ich will auch eine liebe Mutti werden, so eine liebe Mutti, wie du eine bist. Mußtest du immer artig sein, Mutti, damit du eine so liebe Frau geworden bist?“

Frau Sandler streifte ihrer Tochter das hübsche Kleidchen über, um diesem Streit ein Ende zu machen. Hedi zog zwar ein Gesicht, doch darauf achtete die Mutter nicht. Dem kleinen Trotzkopf durfte sie nicht nachgeben, denn schon jetzt zeigte sich manches Mal, daß Hedi ihre Pläne und Absichten durchsetzen wollte. Frau Sandler war noch eine recht junge Frau, und sie bemühte sich, ihr Töchterchen zu einem braven Mädchen zu erziehen. Sie nahm es mit ihrer Aufgabe recht genau und achtete streng darauf, daß im Forsthause keine Unarten getrieben wurden.

Wenn Hedi wollte, konnte sie sehr lieb sein, das hatte sie am gestrigen Ostersonntag gezeigt, als sie beglückt die verschiedenen Ostereier suchte, die man ihr im Garten versteckt hatte. Nur am Abend stellte sie betrübt fest, daß ihr der Osterhase wieder keine Klotzpantinen gebracht hatte, wie Minna sie trug, wenn sie in den Ziegenstall oder zu der Kuh ging.

„Wenn ich morgen zu Tante Niepel gehe, bringt mir der Osterhase vielleicht dort die Klotzpantinen.“

Für Hedi war es immer eine große Freude, wenn sie mit dem kleinen Kastenwagen nach dem Niepelschen Gut geholt wurde. Dort hatte man das blondlockige Mädchen herzlich gern. Der Gutsbesitzer freute sich, wenn Hedi mit seinen drei Buben in Haus und Garten umhertollte. Freilich, wenn alle vier zusammen spielten, mußte man gut achtgeben, denn Paul war nicht immer verträglich, er ärgerte seine Spielgefährten recht gern.

Seit einigen Tagen war auf dem Gut ein neues Kinderfräulein angekommen. Das junge Mädchen war für heute beauftragt worden, die kleine Schar zu überwachen. Frau Niepel wollte sich inzwischen um die halbjährige Dora kümmern. Dieses Schwesterchen wurde von den Drillingen wenig geschätzt. Paul hatte verächtlich geäußert, daß er mit dieser Schreipuppe gar nichts anzufangen wisse. Ja, wenn es noch ein

Bube gewesen wäre, der hätte sich wahrscheinlich von Anfang an ganz anders betragen. Aber ein Mädchen war eben ein Zimperling, der sogleich losbrüllte, wenn man ihm mit dem Finger auf die Nase tippte.

Ganz anders Hedi. Sie war zu Weihnachten bei Niepels gewesen und hatte erstaunt die große Puppe betrachtet, die im Wagen lag.

„Kannst du mir die Puppe nicht schenken", fragte sie beim Abschiednehmen und legte beide Ärmchen um den Hals der geliebten Tante Niepel. „Meine Puppe ist schon kaputt, und die hier ist noch ganz neu."

Seit dieser Stunde bettelte Hedi unaufhörlich, die Mutti möge ihr auch genau solch eine Puppe kaufen, mit Klapperaugen und einem Mund, der auf und zu machte. Sie wollte eine Puppe haben, die die Arme bewegen und schreien konnte. Auf diese Puppe freute sich Hedi auch heute. Freilich, das Umhertollen mit den drei Buben war auch nicht zu verachten. Besonders der kleine, zierliche Fritz war Hedi ans Herz gewachsen. Ihn nahm sie stets an die Hand, für ihn sorgte sie, wenn die Speise verteilt wurde, für ihn brauchte sie die Ellenbogen, wenn es galt, ihm einen Platz zu erkämpfen.

Sogleich nach dem Mittagessen kam der Kastenwagen mit dem weißen Pferdchen vor das Forsthaus gefahren. Der alte Kutscher betrat das Haus und meldete, daß alles zur Abfahrt fertig sei.

„Du darfst neben mir sitzen, Pucki, und nachher auch die Leine halten."

Pucki streichelte erst das Pferd und hielt ihm ein kleines Schokoladenei hin.

„Weil doch halt Ostern ist, kleines Pferdchen."

Doch das Tier verschmähte die Gabe. Es schnupperte nur ein wenig daran und wandte den Kopf ab.

„Willste nicht?" meinte Hedi, „na, dann ess' ich es allein." Damit schob sie das Ei in den Mund.

Der Förster und seine Frau ermahnten Hedi, als sie neben dem Kutscher saß, recht artig zu sein.

„Das sind wir schon“, rief das Kind strahlend zurück. „Und nu: Hü-hott, jetzt fahren wir los!“

Es war eine herrliche Fahrt! Die Förstertochter kam sich sehr wichtig vor, als sie die Leine in den kleinen Händen hielt und mit hellem Stimmchen ihr „Hottehü, kleines Pferdchen“ rief. Als aber der Kutscher einmal nach der Peitsche griff, fiel ihm Hedi in den Arm.

„Nicht schlagen, nicht das liebe Pferdchen schlagen! Ich werde ihm sagen, daß es nicht stehenbleiben darf. – Ach, es will auch mal ausruhen!“

Das Pferd, das den Weg schon gar oft gegangen war, schien heute keine Eile zu haben. Gerade das gefiel Hedi. Die Fahrt dauerte somit noch länger, und es gab nichts Schöneres, als hier oben zu thronen und das Pferdchen zu lenken.

Plötzlich brachen mit Indianergeheul hinter einem Busch die drei Niepelschen Buben hervor. Sie fielen dem Pferd in den Zügel, Fritz kletterte über die Deichsel auf den Rücken des Tieres, und die beiden anderen schwangen sich auf den Wagen. Man riß Hedi die Leine aus der Hand, und schon gab es den ersten Kampf, so daß der Kutscher besänftigend eingreifen mußte.

„Wenn du nicht ruhig bist“, sagte Paul zu seinem Besuch, „suche ich alle Ostereier weg, die der Vater im Garten versteckt hat.“

„Quatsch nicht“, meinte Walter, „du findest überhaupt keine Ostereier.“

„Doch – ich habe durch die Luke gesehen und weiß, wo sie versteckt sind.“

„Wo hat er sie denn versteckt?“

Paul lachte nur. „Das sage ich nicht!“ –

Von Niepels wurde Hedi herzlich empfangen. Ihre erste Frage galt dem kleinen Schwesterchen.

„Kann's nu schon sprechen und mit uns spielen, Tante?“

„O nein, Hedi, Dora ist erst ein halbes Jahr alt. Sie kann noch nicht laufen und noch nicht sprechen.“

„O je, wie das lange dauert. – Muß sie immerzu auf dem Rücken liegen?“

„Wenn du zum nächsten Osterfest kommst, wird sie schon laufen können.“

„Na, dann tragen wir sie. Ich muß meine Puppen auch immer tragen, oder der Harras trägt sie. – Kann eure Diana das kleine Mädchen nicht auch herumtragen?“

Paul lachte schallend. „Machen wir! Die Diana muß den Schreihals tragen! – Nu komm mal mit, ich zeige dir jetzt – Pst – pst, nichts verraten – ich zeige dir, wo der Vater die Ostereier versteckt hat.“

Erst streichelte Hedi die kleine Dora, als sie jedoch zu schreien begann, schüttelte Hedi unwillig den Kopf.

„Tante, sie schreit zu viel. Meine Diana schreit nie, auch wenn ich sie mit dem Kopf mal tüchtig auf die Erde bumse.“

Dann trippelte sie auf den Zehenspitzen hinter Paul her. „Wir wollen ganz leise sein und allein die Ostereier finden.“

Im Garten wies Paul an die verschiedensten Stellen. „Dort liegt eins – dort liegt eins – und drüben im Gemüsegarten liegen noch hundert. Dort mußt du hingehen. Wenn wir nachher suchen, geh nur zuerst in den Gemüsegarten. Dort findest du hundert.“

„Hundert? Das ist sehr viel, nicht wahr?“

„Das ist ein großer Berg – soviel Eier kannst du gar nicht essen.“

„Ich werde mal jetzt schon ein bißchen suchen.“

„Nein, Hedi, bleib nur hier! – Sieh mal, dort kommt das neue Fräulein. – Ich mag es nicht, ich will kein Fräulein.“

Hedi legte beide Hände auf den Rücken und betrachtete mit kritischen Blicken das junge Mädchen, das ihr freundlich die Hand reichte.

„Du bist also das kleine Blondköpfchen vom Förster.“

„Ja – wer bist denn du?“

„Ich bin Fräulein Irma.“

„Soso – –“

„Nun willst du mit den Drillingen spielen?“

Hedi zog die Stirn kraus und schwieg.

„Du bist wohl allein daheim? Deine Mutti hat nur dich?“

„Nein, meine Mutti hat mich und den Harras.“

„So bist du die Älteste?“

„Nein, Mutti ist noch älter.“

Fräulein Irma lachte. „Nun, Drillinge hat sie wohl nicht, wie Tante Niepel.“

Einen Augenblick überlegte Hedi, dann sagte sie: „Nein, Mutti hat keinen Drilling.“

Sehr bald kam Onkel Niepel, der lachend erzählte, daß der Osterhase in den Garten für artige Kinder Ostereier gelegt hätte. Sie sollten nun suchen.

„Du, Onkel“, sagte Hedi mit frohem Lächeln, „der Paul hat mir gesagt, du hast die Eier hingelegt. – Nun ja, du hast wohl dem Osterhasen helfen müssen, weil er doch so viel zu tun hat. – Kommste auch noch mal zu uns und legst du in der Försterei auch noch mal Ostereier?“

„So so, der Paul hat dir das gesagt! Freilich, ich habe dem guten Osterhasen ein wenig geholfen. Doch nun lauf und suche recht aufmerksam am Tulpenbeet, dort liegt gewiß eins.“

Hedi lachte glücklich. „Das eine kann sich der Fritz holen, ich geh' in den Gemüsegarten, Onkel Niepel – dort liegen hundert.“

„Nein, mein kleines Mädchen, in den Gemüsegarten ist der Osterhase nicht gegangen, nur in den Blumengarten.“

„Das weißt du nicht“, flüsterte das Kind, „der Paul hat es gesehen, durch die Dachluke.“

„Da hat er was Falsches gesehen, Hedi. Geh nur in den Blumengarten, sonst findest du nichts.“

Doch das Mädchen schüttelte energisch den Kopf. „Ich geh' doch lieber in den Gemüsegarten und hole mir hundert Eier.“

Während die drei Buben in den Blumengarten stürmten, lief Hedi zu der Pforte, die den Blumengarten mit dem Gemüsegarten verband. Doch plötzlich machte sie halt und winkte Fritz, dem kleinsten der Drillinge, zu und flüsterte:

„Komm mit, im Gemüsegarten sind hundert Eier, und hier ist nur eins.“

Abermals suchte der Gutsbesitzer die beiden Kinder zurückzuhalten, doch Hedi lachte ihn strahlend an. Währenddessen stürmte Paul von einem Versteck zum anderen, so daß er vom Vater plötzlich festgehalten wurde.

„Sag mal, mein Junge, woher kennst du die Verstecke des Osterhasen so genau?“

Paul wollte sich aus den Armen des Vaters befreien, es gelang ihm aber nicht. So senkte er nur schuldbewußt den Kopf.

„Hast du vielleicht gelauscht?“

„Nein, Vater“, stammelte der Knabe, „ich habe es nur gesehen. Wenn ich doch grade in den Garten gucken mußte, kann ich doch nichts dafür.“

„Hast du der kleinen Hedi gesagt, daß sie im Gemüsegarten suchen soll? Wenn du alles gesehen hast, mußt du wissen, daß dort keine Eier versteckt wurden.“

„Vielleicht – vielleicht hat der richtige Osterhase dort Eier versteckt. – Es könnte doch sein, Vater.“

„Gib die Eier her. Einmal hast du mein Verbot nicht befolgt und bist hinauf auf den Boden geschlichen, zum anderen hast du deine kleine Freundin angeführt. Für solche Kinder hat der Osterhase keine Eier.

Wenn das noch einmal passiert, mein Junge, nehme ich dich an den Ohren."

Paul schaute auf die acht bunten Eier, die er in den Händen hielt.

„Ich hab' doch nur – – ich dachte – der Osterhase wird der Hedi ganz sicher Eier in den Gemüsegarten legen."

„Nun gib die Eier her."

Aus den Kinderaugen stürzten Tränen. „Vater, nur ein einziges Ei –"

„Kein Ei – marsch, gib die Eier her!"

Schluchzend wurden die gefundenen Eier abgeliefert.

„Und jetzt gehst du in den Gemüsegarten und rufst Hedi und den Bruder und sagst ihnen, daß du sie belogen hast. – Schäm dich, Paul, wie kann man so unaufrichtig sein! – Lauf und hole die beiden her."

Mit schwerem Herzen schlich Paul hinüber. Gar zu gern hätte er sich diesen Weg erspart, doch er sah den Vater und wagte nicht, seinem Willen zu trotzen.

„Ihr sollt in den Blumengarten kommen", fuhr Paul die beiden heftig an, „ihr sollt meine Eier bekommen – hier sind keine. Aber schnell sollt ihr kommen, sonst haut euch der Vater."

Hedi und Fritz, die vergeblich gesucht hatten, schauten Paul an, der mit schmutzigen Händen die Tränen aus den Augen wischte.

„Hat er dich gehauen?" fragte Hedi.

„Nein – aber meine Eier hat er mir fortgenommen!" Heulend lief Paul davon.

Man sah ihn auch nicht mehr, als die Ostereier im Blumengarten gesucht und gefunden wurden.

Hedi jubelte über jedes Ei, das sie entdeckte; sie sorgte aber auch mit rührender Liebe dafür, daß Fritz nicht leer ausging. Mehrmals rief sie ihn an einen Strauch und tauschte vorher ein größeres Ei mit einem kleineren aus.

„Du freust dich doch auch, wenn du ein kleines findest? Ich möchte so gerne die großen behalten."

Schließlich wurden die Süßigkeiten von Herrn Niepel gezählt und festgestellt, daß alle Eier gefunden waren.

„So, kleiner Blondkopf", sagte der Gutsbesitzer, „nun bekommst du auch noch die acht Eier, die der Paul gefunden hat. Er geht heute leer aus, weil er unartig war."

Hedis Herzchen wurde schwer. Wenn alle so große Freude hatten, mußte der Paul doch auch eine Freude haben. Vergeblich wanderten die Kinderaugen im Garten umher, aber Paul war nirgends zu sehen.

„Sind das alles meine Eier?"

„Jawohl, mein Kind."

„Sie hat zu viele Eier", klang es plötzlich schluchzend von Walters Lippen. „Sie hat so große Eier, ich will auch so große Eier!"

Hedi biß von einem Ei ein Stück ab und legte die andere Hälfte vor Walter nieder.

„Da hast du!"

„Ich will keine kaputten Eier, ich will große, richtige Eier!"

Auch jetzt mußte Onkel Niepel wieder den Streit schlichten. Die Tränen seines Sohnes versiegten bald, zumal im Kinderzimmer der Kaffeetisch gedeckt war und Fräulein Irma die Kleinen zum Essen rief.

Mit rotgeweinten Augen kam auch Paul herbei. Hedi ging auf ihn zu, legte beide Arme um seinen Hals und sagte:

„Brauchst nicht zu weinen, ich schenke dir Eier, ich habe genug. Komm, such dir aus."

Als Paul aber nach dem größten griff, hielt sie rasch die Hände darüber.

„Das kannst du haben, und das – und das – – aber das hier nicht."

Schließlich gab sich Paul zufrieden; er meinte jedoch, Hedi sei ein dummes Mädchen, das er nicht leiden könnte.

Nach dem Kaffeetrinken schlug Fräulein Irma vor, ein Kreisspiel zu spielen. Doch die Drillinge lehnten energisch ab. "Wir gehen lieber in die Ställe. Hedi kommt mit."

„Ach ja!" jauchzte das Kind, „zu den vielen Kühen und den lieben Schweinchen!"

„Ihr werdet doch nicht in den Kuhstall gehen, die Kühe können euch schlagen."

Paul lachte auf. „Du hast immerzu Angst, Fräulein Irma! Oh – sie hat immer Angst, sie streichelt nicht mal die Pferde."

„Ihr sollt nicht in die Ställe gehen!"

Lachend stürmte die kleine Schar davon. Sie lachten noch lauter, als sie Fräulein Irma sahen, die scheltend auf der Verandatreppe stand.

Erst ging es zu den Schweinen. Die Hühner interessierten die kleine Hedi zu wenig, denn Hühner gab es auch im Forsthaus. Doch die vielen Schweine, die nebeneinander in dem Stall standen, waren für Hedi eine riesige Freude.

„Hm –" sagte sie, indem sie in vollen Zügen die Luft einzog, „das riecht hier noch schöner als der Wald."

Paul hatte keine Ruhe, er wollte weiter zu den Kühen. So kletterte Hedi von der Schweinebucht herab und lief mit den Knaben zum Kuhstall. Der Schweizer, der dort beschäftigt war, hob warnend den Finger, als Hedi schnurstracks auf den großen Bullen zuging.

„Dort geh nicht hin!"

Das Kind blieb stehen, hielt dem Tier ein Bündel Stroh entgegen und sagte mit seiner hellen Stimme:

„Komm ruhig, ich tu' dir nichts, du brauchst dich nicht zu fürchten."

Der Schweizer paßte gut auf, denn dem Bullen war nicht zu trauen. Gar zu leicht konnte ein Unglück passieren. Paul erklärte zwar, er fürchte sich nicht, nur der Schweizer sei ein Angstmeier!

Ganz plötzlich erhob der Bulle den Kopf. Die Kette klirrte, und er ließ ein lautes Brüllen hören. Da stürmte Paul zurück, riß in seinem Schreck Hedi um, die in das schmutzige Stroh fiel und laut zu schimpfen begann.

„Du böser Junge, du – – du bist ein Angstmeier!"

Doch zog sie es vor, aus der Nähe des Bullen zu gehen und lieber die Kühe zu besuchen, die sich streicheln ließen.

„Jetzt gehen wir zu den Pferden und zum Hinkeldei", schlug Paul vor.

„Hinkeldei?" fragte Hedi, „ist das auch ein Pferdchen?"

„Du Dummsack! – Das ist der neue Knecht. – Paß mal auf, wie der läuft." Paul stolzierte über den Hof, dabei knickte er mit dem linken Bein tief ein und rief: „Hopp-la, hopp-la, hopp-la – – So geht er, unser Hinkeldei."

„Warum geht er so?"

„Er kann nicht anders gehen, er hat mal das Bein zerbrochen."

„Hat er es wieder geflickt? – Unser Männe hatte sich auch mal das Bein gebrochen, aber er geht nicht hopp-la, hopp-la. – Vati hat dem Männe ein Tuch ums Bein gewickelt, und dann ist es wieder richtig gewesen. – Hat der Hinkeldei nicht auch ein Tuch ums Bein gewickelt?"

„Komm, ich zeige dir den Hinkeldei."

„Der Vater hat doch gesagt, du sollst nicht so reden", meinte Fritz.

Doch Paul hörte nicht auf die mahnenden Worte, er hinkte den anderen lustig voran, hinein in den Pferdestall.

Dort stand ein junger Bursche, den Hedi noch nie bei Niepels gesehen hatte. Er hatte ein Gesicht mit mehreren Narben, große abstehende Ohren und war nicht gerade schön zu nennen. Trotzdem machte Hedi einen artigen Knicks und sagte freundlich:

„Weidmannsheil, Herr Hinkeldei." Sie erinnerte sich, daß der Vati immer diesen Gruß gebrauchte. Da er sie ermahnt hatte, artig zu sein, wollte sie es dem Vati nachtun. Aber der Knecht schien von dieser Begrüßung nicht erfreut zu sein. Er gab keine Antwort und wandte sich ab. Hedi wartete, daß er einige Schritte gehen möchte. Gar zu gern hätte sie gesehen, wie man mit einem zerbrochenen Bein gehen konnte. Doch erst nach längerer Zeit wurde ihr Wunsch erfüllt.

Wahrhaftig! – Der Mann ging immer schief auf der einen Seite. Hedi hätte ihn gar gern gefragt, doch machte er ein so unfreundliches Gesicht, daß sie sich nicht traute, etwas zu sagen. Erst viel später, als die Kinder wieder draußen im Hof waren und von Fräulein Irma angstvoll in Empfang genommen wurden, wagte sie zu fragen.

„Es ist häßlich vom Paul, den armen Menschen zu verspotten. Wenn der Knecht das Unglück hatte, vom Baum herabzufallen und das Bein zu brechen, darf man darüber nicht lachen."

„Ich lache doch", rief Paul vorlaut und schrie aus Leibeskräften, daß es über den Gutshof schallte: „Hinkeldei – – Hinkeldei!"

„Ärgert er sich darüber?" fragte Hedi.

„Gewiß, mein Kind, so etwas darf man nicht sagen."

„Hinkeldei – Hinkeldei", höhnte Paul weiter.

„Sei still", meinte Hedi, „wenn es ihn doch ärgert, wollen wir es nicht mehr sagen. Wenn er schon das Bein gebrochen hat, wird er sehr traurig sein."

„Das ist mir einerlei, mir macht es Spaß!"

„Ach, Paul, ich schenke dir auch noch ein Osterei, ein großes, goldenes. Mutti sagt immer, man darf kranke Leute nicht ärgern."

„Seht mal alle her!" Paul hinkte erneut über den Hof und machte es so drollig, daß die beiden Brüder hell lachten. Sinnend stand das kleine Mädchen daneben. Das Verhalten des Spielgefährten mißfiel ihr. Sie erinnerte sich, daß einmal ein Mann mit einem Arm ins Forsthaus gekommen war. Sie hatte damals staunend gelacht, weil der eine Ärmel der Jacke leer herunterhing. Aber Vater und Mutter waren darüber sehr traurig gewesen. Sie hatten ihr erzählt, daß es ein großes Unglück sei, wenn ein Mensch seine Glieder nicht richtig gebrauchen könnte. Daran dachte das Kind in diesem Augenblick.

Wie ein Pfeil schoß Hedi vor, warf sich auf Paul und trommelte mit beiden Fäusten auf seinem Rücken herum.

„Du bist ein garstiger Junge! Wenn er ein kaputtes Bein hat, so trauert er darüber, dann ärgert er sich, und du sollst ihn nicht ärgern."

„Laß mich in Ruhe!"

Fräulein Irma war genötigt, auch jetzt wieder die beiden Kampfhähne zu trennen. Mit drohend erhobener Faust ging Paul davon.

„Ich kann dich überhaupt nicht mehr leiden! Du brauchst gar nicht mehr herzukommen."

Als man später im Garten saß, fehlte Paul. Er war auf einen Baum geklettert und warf mit trockenen kleinen Ästen nach den Spielenden. Von Zeit zu Zeit rief er Worte herunter, die Hedi aufs neue ärgerten.

Plötzlich ein Schrei – ein dürrer Ast, auf den sich der Knabe geschwungen hatte, brach herab, Paul stürzte mit ihm in die Tiefe. Das Kinderfräulein lief entsetzt herbei, gefolgt von den anderen. Sie wollte Paul aufrichten, da stieß er laute Schmerzensschreie aus.

„Mein Bein – mein Bein!"

Hedi fühlte inniges Mitleid; Paul verzerrte das Gesicht so sehr, er mußte wirklich heftige Schmerzen haben.

„Komm, halte dich an mich."

Fräulein Irma versuchte den Knaben aufzurichten, doch schon wieder klangen seine lauten Schreie:

„Mein Bein, au, mein Bein!"

Herr Niepel und seine Frau hörten die Wehrufe und kamen gelaufen. Vorsichtig befühlte der Gutsbesitzer den Knöchel seines Sohnes.

„O weh“, meinte er besorgt, „ich glaube, es ist ein Bruch.“

Hedi wurde blaß vor Schreck. Vor wenigen Minuten hatte Paul über das gebrochene Bein des Knechtes gespottet, hatte laut über den Hof den Namen Hinkeldei gerufen. Der Knecht war auch einstmals vom Baum gefallen, nun ging er sein Leben lang hopp-la, hopp-la.

Sie starrte auf das Bein, hob schüchtern den Kopf und fragte leise:

„Muß er nun auch immer ein Hinkeldei sein?“

Vorsichtig wurde der verunglückte Knabe ins Gutshaus getragen. Es überlief das kleine Mädchen kalt und heiß, wenn es das klägliche Schreien Pauls vernahm. Und noch ängstlicher wurde es ihr ums Herz, als es hieß, man hätte nach dem Arzt telephoniert, er solle sofort aus Rahnsburg kommen, weil das Bein gebrochen sei.

Auch die Brüder waren traurig. Sie drückten sich in einem Winkel zusammen. Die Kinder malten sich die Zukunft Pauls in den schrecklichsten Farben aus.

„Nun ist er auch ein Hinkeldei“, meinte Walter.

„Aber ganz abgebrochen hat er sich das Bein doch nicht“, meinte Hedi, „es hing noch dran, ich hab' es gesehen.“

„Nun kann er nicht in die Schule gehen.“

„Hat der es gut!“

„Ach nein – der Paul hat es gar nicht gut. Das gebrochene Bein tut ihm mächtig weh. Und dann ist er immer ein Hinkeldei, und die anderen lachen über ihn.“

„Sie werden alle hinter ihm herrufen: Hinkeldei – Hinkeldei!“

„Das dürfen sie nicht“, rief Hedi kampfbereit, „dann haue ich sie!“

So saßen die Kinder wohl eine volle Stunde besorgt zusammen. Der Arzt kam und ging wieder, erst dann durften die drei hinein zu dem blassen, weinenden Spielgefährten.

„Ich will es nicht wieder sagen“, schluchzte Paul. „Nun bin ich schwer gestraft. – Es hat so weh getan!“

„Wirst du nu immer ein Hinkeldei sein?“

„Ich weiß nicht – ach, es tut so weh!“

Während die beiden Brüder das Zimmer wieder verließen, zog Hedi ein Stühlchen heran und setzte sich an das Bett des Kranken.

„Weine nicht, Paulchen, ich schenke dir auch ein Osterei. Und du wirst auch nicht immer ein Hinkeldei sein. Unser Männe hat sich auch mal das Bein gebrochen, und er ist auch kein Hinkeldei. Der Vater hat ihm das Bein geflickt, jetzt springt er wieder in der Stube und im Wald umher. – Mußt nicht weinen, Paulchen, ich bin ja hier.“

„Es tut doch so weh!“

„Soll ich dir eine Geschichte erzählen? Dann tut es nicht mehr so weh. Von der Traumfee oder der Waldfee?“

„Nun muß ich so lange im Bett liegen – –“

„Dann brauchst du nicht in die Schule“, flüsterte Hedi dem Knaben zu. „Die anderen müssen hin, und du kannst zu Hause bleiben. – Paulchen, ich komme immerfort zu dir und erzähle dir was Schönes. – Willst du?“

Mit einem verlegenen Blick schaute Paul auf das kleine Mädchen, das er vor kurzem gescholten hatte. Jetzt empfand er es wohltuend, daß Hedi neben ihm saß und lieb mit ihm sprach. Dabei hatte er sie doch wegen der Ostereier belogen.

„Bist du mir böse?“

„O nein – du hast doch ein zerbrochenes Bein, da werde ich dir doch nicht böse sein. – Nu schlaf recht schön, ich will dir was vorsingen.“

„Wenn nur das Bein nicht so weh täte.“

„Wenn ich singe, tut es nicht mehr weh." Dann begann die Kleine von dem schwarzen und dem weißen Schaf zu singen. Doch Paul hatte kein Verlangen, die Augen zu schließen. – Schließlich kam die Mutter herein, die gerührt an der Tür stehen blieb, als sie Hedi sah, die dem Spielkameraden mit einem Handtuch die Augen auswischte, weil er wieder zu weinen begonnen hatte.

„Du sollst doch nicht weinen, sonst weine ich auch."

Frau Niepel schloß die kleine Hedi gerührt in die Arme und küßte das Kind zärtlich.

„Du bist ein braves Krankenmütterchen; Paul ist dir sehr dankbar dafür. Wirst du ihn nun auch öfters besuchen? Er muß lange im Bett bleiben."

„Ja, ich besuche ihn so lange, bis er kein Hinkeldei mehr ist."

Als Hedi am heutigen Tage Abschied nahm, drückte ihr Paul herzlich die Hand wie nie zuvor.

„Ich habe dich gern, Pucki, ich werde auch nicht mehr häßlich zu dir sein. Komm bald wieder!"

Sie versprach es. Dann fuhr sie sorgenvoll auf dem kleinen Wagen nach dem Forsthause zurück.

„Du mußt recht langsam fahren, sonst bricht sich das weiße Pferdchen auch ein Bein. – Oh, es war sehr schlimm!"

„Ist ihm recht geschehen, dem Paul! Der liebe Gott hat ihn gestraft."

Hedi warf einen sorgenvollen Blick zum blauen Himmel hinauf.

Es geht schlimm aus

Als Hedi gegen Mitternacht erwachte, schien der Mond in vollem Glanz auf ihr Bett. Ein Weilchen blinzelte das Kind zum Himmel hinauf, dann entfuhr ihm ein tiefer Seufzer. Was mochte wohl der arme Paul machen, der mit so großen Schmerzen im Bett lag? Morgen, wenn wieder die

Sonne schien, wollte Hedi zu ihm fahren, am Bett des kleinen Freundes sitzen und ihn trösten.

Das Kind warf sich unruhig hin und her. Schließlich kletterte es aus dem Bettchen und trippelte ans Lager der Mutter. Sie schlief, und Hedi betrachtete beim Mondenschein das liebe, freundliche Gesicht.

„Schläfst du sehr schön, Mutti? – Ist die Traumfee bei dir?“

Frau Sandler schlug die Augen auf und blickte erschrocken auf den kleinen Hemdenmatz, der in helle Freude ausbrach, als er die Mutter wach sah. Der Vater wurde gleichfalls munter.

„Aber Hedi, was willst du denn, du sollst schlafen.“

„Ach, Vati, der Mond ist auf mein Bett gefallen und hat mir zugelacht. – Ob der Paul auch den Mond sieht?“

„Unser kleiner unartiger Puck bist du wieder einmal. Marsch ins Bett!“

„Mutti – warum nennst du mich manchmal Hedi und dann wieder Puck? Der Paul heißt doch immer nur Paul?“

„Weil du wie ein kleiner Waldgeist nachts umherläufst. Gerade so, wie es der andere Puck getan hat.“

„Welcher andere Puck, Mutti?“

Hedi machte den Versuch, ins Bett der Mutter zu steigen, doch Frau Sandler wehrte ab.

„Geh zurück in dein Bettchen und schlafe, sonst erkältest du dich, und es könnte schlimm ausgehen.“

„Es geht nicht schlimm aus, Mutti, wenn ich in deinem Bett bin.“

„Morgen früh“, sagte der Vater streng, „darfst du kommen. Jetzt marsch zurück ins Bett!“

„Erzählst du mir morgen früh von dem anderen Puck?“

„Ja – doch nun schlafe.“

Hedi kletterte zurück in ihr Bettchen, blinzelte dann nochmals hinauf zum Mond und sagte:

„Guck mal, Mutti, der Mond macht heute ein liebes Gesicht."

„Er wird gleich ein böses Gesicht machen, wenn du nicht still bist."

Zehn Minuten später schlief das Kind wieder, wachte aber auf, als draußen die ersten Vöglein ihr Frühlingslied sangen. Auch jetzt spähte Hedi zu den Betten der Eltern hinüber; sie warf sich hin und her, um Vati und Mutti zu wecken. Gar zu gern hätte sie die Geschichte von dem anderen Puck gehört, jenem Waldgeist, der auch ihren Namen trug.

Kaum hatte die Mutter die Augen aufgeschlagen, da war das Kind da und kletterte in ihr Bett.

„Du bist wirklich ein kleiner Irrwisch", tadelte die Mutter.

„Ich bin Hedi-Pucki. – Erzähle mir die Geschichte vom Pucki."

„Nun paß mal gut auf", sagte der Vater. „Als du noch viel kleiner warst als heute, bist du schon solch unruhiges Mädchen gewesen und hast deine Mutter nachts nicht ruhen lassen. Dann bist du uns am Abend öfters in den Wald gelaufen, und wir haben dich gar oft suchen müssen. Gerade so macht es der kleine Waldgeist Puck, der die Menschen Tag und Nacht nicht in Ruhe läßt und allerlei Streiche ausdenkt, die meistens schlimm ausgehen."

„Oh – Vati, ich denke mir keine Streiche aus."

„Na, na, Hedi – du hast schon allerlei Tollheiten angestellt. Und gut ging es auch nicht immer aus."

„Hast recht, Vati, gestern hab' ich den Paul mächtig verprügelt; da war er so böse, daß er auf einen Baum kletterte, und dann ist er 'runtergefallen, und das Bein ist nun kaputt. – Das ist auch nicht gut ausgegangen."

„Du mußt daher diese tollen Streiche in Zukunft unterlassen, Hedi."

„Da bin ich dann aber kein Pucki mehr, und ich möchte gern euer Pucki bleiben."

„Aber unser artiger Pucki, der seine Mutter nicht so ärgert, wie es der Waldpuck getan hat."

„Was hat er denn gemacht?"

„Er sitzt auf den Bäumen, wirft mit Kienäpfeln und Eicheln, seine Mutter hat es ihm schon oft verboten, doch er hört nicht darauf. Darum hat sie ihn auch nicht wachsen lassen. So ist er immer ein ganz kleiner Junge geblieben."

„Ich möchte aber ganz groß werden."

„Groß werden nur artige Kinder."

„Ach nein, Vati, Onkel Niepel hat gesagt, seine Jungens sind furchtbar unartig, und der Paul ist auch schon groß."

„Na, der Paul, der paßt zum Pucki, er ist wie der Mucki."

„Wer ist Mucki?"

„Die Waldfrau hatte außer dem Pucki noch ein zweites Kindchen, ein sehr eigensinniges Kindchen. Dem wuchs auf der Stirn ein Muckenhorn. – Du hast auch manchmal Mucken, das weißt du doch?"

„Wächst mir auch ein Horn auf der Stirn?"

„Bis jetzt noch nicht. – Aber dem Mucki von der Waldfrau ist das Horn gewachsen."

„Kann man den Mucki auch mal sehen?"

„Solch kleine Waldgeister sind für uns Menschen meistens unsichtbar. Wenn aber ein Kind mal sehr unartig ist, kommt der Mucki, tippt es auf die Stirn, und dann wächst ihm auch solch ein Horn."

„Wie den Ziegenböckchen."

„Ich denke, unsere kleine Hedi wird ein liebes Mädchen sein, keine tollen Streiche machen wie Pucki und auch nicht so eigensinnig sein wie Mucki."

„Ich möchte gar zu gern die Kinder von der Waldfrau mal sehen. Vati, nimmst du mich bald mal mit in den allerdunkelsten Wald?"

„In unserem Wald ist kein Pucki und auch kein Mucki."

„Na", sagte Hedi erleichtert, „dann kann er ja auch nicht kommen und mit dem Finger auf die Stirn tippen. – Dann ist's ja gut."

„Na, na, sieh dich nur vor. Der Mucki kommt schnell mal durch die Luft geflogen, und wenn du unartig bist, kann es schlimm ausgehen."

„Wird schon nicht schlimm ausgehen", beharrte Hedi. Aber den ganzen Vormittag über dachte sie doch an die Kinder der Waldfrau. Heute nachmittag, wenn sie wieder zum Paul fuhr, wollte sie ihm von den beiden Waldgeistern erzählen.

Der Vater, der mit Harras in den Wald gegangen war, kam heute früher als sonst heim.

„Biste schon da, Vati?"

„Ja, mein Kind, Onkel Oberförster wird sogleich kommen, er will den Vati sprechen."

„Mit dem Auto?"

„Wahrscheinlich."

„Oh – dann darf ich wieder drücken, und es tutet!"

„Das sollst du nicht, Hedi."

„Wenn er's doch so furchtbar gern hat, er lacht dann immer."

Zehn Minuten später fuhr Oberförster Gregor bei dem Forsthaus vor. Er war ein freundlicher, älterer Herr, der das kleine Mädchen zur Begrüßung hoch emporhob und hin und her schwenkte.

„Darf ich mal drücken?"

„Du meinst an der Hupe? – Na ja – komm!"

Hedi strahlte, als sie die Hupe wohl zwanzigmal nacheinander ertönen lassen durfte. Schließlich kam der Vater hinzu, und der Spaß hatte ein Ende. Während die beiden Herren im Forsthause saßen, schlich das Kind erneut hinaus, kletterte über den verschlossenen Wagenschlag und begann abermals mit dem herrlichen Konzert. Die Mutter kam herbei und untersagte dem Töchterlein diese Spielerei.

„Das Auto gehört dem Onkel Oberförster. Du wirst die Hupe entzweimachen. Komm heraus, man darf nicht an die Sachen anderer Leute gehen.“

Sehr betrübt folgte Hedi der Mutter, die die Kleine nochmals eindringlich ermahnte, die Autos nicht zu berühren.

„Es würde dir auch nicht gefallen, Hedi, wenn ein anderer deine Spielsachen nähme.“

„Ein Auto ist aber kein Spielzeug, Mutti, sondern ein großer Wagen.“

Große Freude gab es am heutigen Vormittag für das kleine Mädchen. Oberförster Gregor erklärte sich bereit, die Kleine nach dem Niepelschen Gutshause zu fahren, dort abzusetzen und nach einer halben Stunde, in der er eine Besichtigung vorzunehmen hatte, wieder ins Forsthaus zurückzubringen.

„Du kannst dich gleich nach deinem kranken Spielkameraden umsehen“, sagte der Vater. „Wer weiß, ob heute eine Gelegenheit wäre, hinaus aufs Gut zu fahren.“

Hedi war überglücklich. Sie durfte direkt neben dem Oberförster ganz vorn sitzen, durfte an der Hupe drücken und sogar einmal das Steuerrad anfassen, an dem der Onkel drehte.

„Fürchtest du dich nicht, wenn wir durch den Wald fahren?“

„O nein, wir fürchten uns nicht, Onkel.“

„Wenn aber ein Hirsch oder ein Reh kommt?“

Hedi lachte. „Das sind gar liebe Tierchen, sie haben mich gerne.“

„Wenn aber der Schornsteinfeger kommt – fürchtest du dich dann?“

„Wir fürchten uns nicht, Onkel Oberförster. Alle die lieben grünen Bäume passen auf, daß Hedi nichts passiert.“

„Bist du aber ein tapferes kleines Mädchen. Das ist brav von dir. Du spielst wohl sehr gern mit den Niepelschen Jungen?"

„O ja, sehr gern!"

„Vielleicht bekommst du auch nächstens ein kleines Brüderchen oder ein Schwesterchen. Dann brauchst du nicht erst auf das Gut zu fahren, dann kannst du daheim mit dem Brüderchen tollen."

„Aber dann möchte ich ein Brüderchen, so wie der Fritz ist, nicht so einen frechen Jungen wie der Paul."

„Erst bekommst du ein ganz kleines Brüderchen, noch viel kleiner als die Dora."

„Nein, Onkel, so klein möchte ich es nicht, dann schreit es immer gleich wie die Dora. Ich möchte ein Kindchen haben, mit dem ich gleich Verstecken spielen kann. Wir gehen dann zusammen in den Wald."

„Deine Mutti will erst ein ganz kleines Kindchen haben."

„Ach, die Mutti ist sehr gut, ich werde ihr sagen, wir möchten gleich ein großes Kindchen, dann wird sie es schon machen."

„Du mußt auch mit einem kleinen Schwesterchen zufrieden sein, Hedi."

„Dann möchte ich schon lieber ein Paar Klotzpantinen und kein Schwesterchen, das immerzu schreit. – Oder ein Schmalzbrot von der Gans mit ohne Wurst."

„Du hast recht merkwürdige Wünsche, kleines Mädchen. – Nun schau, gleich sind wir da."

Hedi griff nach der Hupe und ließ sie mehrmals laut ertönen. Lachend hob der Oberförster das Kind aus dem Wagen, begrüßte Frau Niepel herzlich und sagte, daß er die Kleine bei seiner Rückkehr in einer knappen Stunde wieder abholen würde, um sie zurück ins Forsthaus zu bringen.

Paul war sehr erfreut, als er die Spielgefährtin erblickte. Der Arzt hatte tatsächlich einen Knöchelbruch festgestellt und das Bein des Knaben in Gips gelegt. Selbstverständlich schmerzte der Bruch, und Paul begann erneut zu weinen, als er mit Hedi sprach.

„Na, weine mal nicht“, tröstete ihn das Kind, „vielleicht komme ich morgen mit meinem Bruder her; dann spielen wir zusammen.“

„Wo hast du denn einen Bruder?“

„Onkel Oberförster hat es gesagt, daß wir uns einen Bruder anschaffen, aber gleich einen großen, der mit uns spielt. Der wird sich freuen, wenn er in dem schönen grünen Wald ist.“

Hedi erzählte dem Kranken eingehend von der Waldfrau, von Mucki und Pucki. Außerdem dachte sie sich noch andere schöne Geschichten von den beiden Kobolden aus. Das machte sie immer so.

„Wenn du wieder gesund bist, suchen wir Pucki und Mucki, Paul. Oh“ – sie horchte auf – „da ist schon der Onkel Oberförster, es tutet.“

Mit betrübtem Gesicht stürmte Hedi davon. Doch es war nicht der Wagen des Oberförsters. Es war ein kleineres Auto von grauer Farbe, aus dem zwei Herren stiegen. Hedi verbarg sich hinter der Haustür; die beiden Männer mit den langen Bärten flößten ihr doch ein wenig Unbehagen ein. Auch Fritz kam neugierig herbeigelaufen; Hedi hielt ihn fest.

„Das sind zwei schlimme Männer“, flüsterte sie.

Die Herren wurden von dem Gutsbesitzer begrüßt und in sein Arbeitszimmer geführt. Es handelte sich um zwei Händler aus der Stadt, die zu Niepel herauskamen, um einen geschäftlichen Abschluß zu machen.

„Du –“, sagte Fritz, „wir wollen mal tuten.“

„Wir dürfen nicht. Mutti hat gesagt, wir sollen kein Auto anfassen, es würde uns auch nicht gefallen, wenn jemand unsere Puppen anfaßt und damit spielt.“

„Aber wir können doch ein bißchen gucken?“

Hedi schielte nach den Fenstern des Wohnhauses hinüber. „Sie sehen uns und schimpfen.“

Die beiden Kinder standen in der Haustür und betrachteten das Auto, das so ganz anders war wie das des Oberförsters.

„Was er wohl da hinten in der Klappe haben mag? – Du, ich möchte die Klappe mal aufmachen“, meinte Hedi.

Es handelte sich hier um einen kleinen Wagen, der einen sogenannten Notsitz hinten hatte. Diese Klappe regte die Phantasie der Kinder auf das höchste an. Was mochten die beiden Männer dort hineingesteckt haben?

„Wo sind sie denn, die Männer?“ fragte Hedi.

„Ich werde mal ein bißchen drücken. Wenn sie nicht kommen, sind sie weit weg. Manchmal geht der Vater mit den Männern über den Hof und in die Ställe. – Wollen wir mal drücken?“

„Guck doch mal, wo Onkel Niepel ist!“

In diesem Augenblick öffnete sich eine Tür, und wieder huschten die beiden Kinder in ihr Versteck.

„Kommen Sie, wir gehen hinüber nach der Scheune“, sagte der Gutsbesitzer.

Hedi kniff den Spielgefährten vergnügt in den Arm. Um zur Scheune zu gelangen, mußte man über den großen Hof, das war sehr weit.

„Ob wir uns nu mal die Klappe ansehen?“

Fritz war mutiger als Hedi; er kletterte auf den Wagen. Vom Vordersitz aus war es möglich, den großen Deckel, wie Hedi sagte, aufzuheben.

„Guck“, rief Fritz voller Begeisterung, „hier geht es ganz tief 'runter. – Kriech mal 'rein, dann mache ich die Klappe zu.“

Zwei neugierige Kinder beugten sich interessiert über den Notsitz.

„Kriech doch mal 'rein“, meinte Fritz. „Wollen mal gucken, was da unten ist.“

Kopfüber kroch das kleine Mädchen über den Sitz in das Loch hinein.

„Au, fein“, rief Hedi, „hier unten ist es ganz schwarz. – Komm, wir spielen Verstecken.“

„Wenn die Räuber kommen und die Indianer, so finden sie uns nicht. Hörst du sie schon? Es sind Wölfe, die brüllen. Wir müssen ganz still sein."

Auch Fritz verschwand unter der Klappe, die über den Kindern zufiel. Es war einfach herrlich, hier völlig ungesehen im Wagen zu sitzen.

„Jetzt sind die Räuber schon nahe", flüsterte Fritz. „Du bist meine Frau, dich wollen sie holen. Ich aber beschütze dich."

Nun begann ein erregtes Flüstern. Die beiden freuten sich, daß die Räuber sie nicht fanden. Schließlich meinte Hedi:

„Nun sind sie weg, nun wollen wir wieder 'rauskriechen."

Gerade als sie die Klappe öffnen wollten, klirrte zu ihren Füßen etwas. Erschrocken hielt Hedi den Atem an.

„Haben wir was kaputt gemacht?"

Die Kinder beugten sich tiefer; sie faßten in Scherben und in eine Flüssigkeit.

„O weh", meinte Hedi erschrocken, „was wird nun werden? Wenn die schwarzen Männer kommen – – es wird schlimm werden!"

Am liebsten hätte sie geweint. Die Ermahnungen der Eltern fielen ihr ein. Erst heute früh hatte die Mutti davon gesprochen, daß ein schlimmer Streich mitunter übel ausgehen könne, daß man ein Auto in Ruhe lassen soll.

„Wir wollen schnell wieder 'raussteigen", meinte Fritz. Er wollte die Klappe öffnen, aber ... „Der Vater!"

Die Kinder hörten, daß der Gutsbesitzer mit den beiden Herren zurückgekommen war und im Vorgarten stand. Das Herz klopfte den beiden stürmisch. Wenn die Männer die Klappe aufmachten – – Es war nicht auszudenken!

Hedi klammerte sich an den Arm des Freundes; regungslos verharrten beide in dem dunklen Versteck.

„Meine Hand ist wie Honig“, sagte Hedi. – „Es klebt alles fest.“

„Sei still!“

Angstvolle Minuten vergingen. Die Männer standen mit dem Vater am Wagen. – Jetzt begann der Wagen zu wackeln, die beiden Männer stiegen ein – Hedi wollte schreien, doch kein Laut kam ihr über die Lippen.

Immer enger drückten sich die beiden Kinder aneinander. Was eben noch im Spiel gesagt worden war, erschien ihnen grausame Wirklichkeit. Vorn saßen zwei Räuber, alte, große Räuber mit langen, schwarzen Bärten. Sie entführten das Pärchen.

„Mach doch die Klappe auf“, sagte Fritz mit tränendurchzitterter Stimme.

„Nein, laß die Klappe zu“, flüsterte Hedi.

„Ich hab' Angst!“

„Ich auch!“

„Sie fahren uns fort – – wir werden sagen, sie sollen anhalten.“

Leise und behutsam wurde die Klappe ein wenig geöffnet. Vier verängstigte Kinderaugen schauten heraus. – Richtig, direkt vor ihnen saßen die beiden Männer. Sollte man sie antippen und bitten: Laßt uns frei, wir wollen auch niemals wieder das Auto anfassen!

„Die kleinen kann ich nicht leiden“, sagte der eine der Männer laut.

Leise schloß sich die Klappe. „Haste gehört“, flüsterte Fritz, „er mag kleine Kinder nicht. – Wie wird es uns ergehen.“

Hedi sank in sich zusammen. „Es wird schlimm ausgehen, hat die Mutti gesagt, wenn man einen tollen Streich macht. Nachher schmeißen sie das Auto um – wir fallen 'raus und sind tot. – Ätsch, an mir klebt alles!“

Schneller und immer schneller fuhr das Auto dahin. Wieder wurde behutsam die Klappe ein wenig aufgestoßen, und wieder lauschte Hedi angstvoll auf die Unterhaltung der beiden Männer.

„Das lassen Sie meine Sorge sein, die Schläge werde ich Ihnen schon geben."

Bums – fiel die Klappe wieder zu.

Hedi hätte am liebsten geweint, doch fürchtete sie sich, daß es die beiden Männer hören könnten. Allerlei Verzweiflungspläne erstanden in den Kinderköpfen. Vielleicht hielt der Wagen irgendwo an, dann wollten sie herausspringen, in den Wald laufen, dort, wo er am dichtesten wäre. Dann konnte das Auto nicht nachkommen.

„Er will uns schlagen – er wird uns fürchterlich prügeln. – Nun haben wir da unten noch was zerbrochen. – Ach, ich bin ein armer Pucki! Es geht wieder schlimm aus!"

Während Hedi die klebrigen Hände vor das Gesicht legte, um nichts zu sehen und zu hören, öffnete Fritz zum drittenmal die Klappe. Man hatte den Wald verlassen, fuhr durch Felder und Wiesen. Nach Rahnsburg konnte es gewiß nicht mehr weit sein. Vielleicht hielt der Wagen dort an, dann konnten sie entfliehen.

„Sie müssen sie natürlich erst ein paar Tage einsperren."

„Haste gehört", flüsterte Fritz. „Er will uns erst ein paar Tage einsperren. – Ach, warum sind wir in den Wagen gekrochen!"

Nun wurde die Klappe nicht mehr geöffnet. In Angst und Schrecken harrten die beiden Kinder des Augenblickes, daß der Wagen hielt, um den furchtbaren Strafen zu entrinnen. Aber es ging weiter und immer weiter. Die Kinder wurden heftig durchgeschüttelt, es schien, als fahre man über holpriges Pflaster.

Die beiden sagten nichts mehr, sie hielten sich umschlungen und warteten auf etwas Schreckliches. Soviel war sicher, daß man sie einige Tage lang einsperren wollte, dann bekamen sie Schläge, und wer wußte, was weiter mit ihnen geschah.

Wie lange die Kinder in dem Auto gehockt hatten, wußten sie nicht. Plötzlich rückte der Wagen hin und her, hupte mehrmals – dann stand er still. Die beiden Männer schienen auszusteigen, doch standen sie jetzt direkt neben der Klappe, so daß die Kinder nicht wagten, sich aufzurichten. Minute auf Minute verrann, dann war es ihnen, als knarrte eine Tür. Ein Schlüssel wurde im Schloß umgedreht – dann war es still.

Wieder wurde die Klappe geöffnet. Die beiden Männer waren fort. Hedi faßte neuen Mut.

„Komm – jetzt laufen wir rasch weg. – Fritz, komm schnell. – Oh, wie siehst du denn aus!“

Daß die Kleine ebenfalls über und über mit dickflüssigem Himbeersaft beschmutzt war, sah sie nicht. Sie sah nur den klebrigen Fritz, der nicht nur im Gesicht, sondern auch am Anzug mit dem feuchten, dicken Saft beschmutzt war. Sie stiegen heraus; Fritz stellte fest, daß der Wagen in der Garage stand, die nur spärlich durch ein Fenster erhellt war. Mit klopfendem Herzen eilte er auf die große Tür zu, stemmte sich dagegen – und begann zu weinen. Die Tür war verschlossen.

„Wir können nicht 'raus.“

Auch Hedi warf sich gegen die Tür, doch alles Bemühen der Kinder war vergeblich. Die Getreidehändler hatten den Wagen gut verwahrt. – Nun waren sie gefangen.

Fritz begann laut zu weinen. Er schluchzte so jammervoll, daß Hedis Herz in Mitleid erbebte. Sie nahm den Kopf des Buben zwischen ihre schmutzigen Hände, streichelte sein blondes Haar und sagte in mütterlicher Besorgnis:

„Weine mal nicht so sehr, ich bin ja bei dir. Sie dürfen dir nichts tun. – Wollen wir sehen, daß wir durchs Fenster kriechen?“

Doch das kleine Fenster war viel zu hoch, und in der Garage war nichts, an dem die Kinder hätten emporklettern können. Nur mehrere Blechkannen standen im Winkel, die sich trotz ihres Mühens nicht übereinander stellen ließen.

„Nun müssen wir immer hier bleiben“, schluchzte Fritz. „Ich kann nicht mehr heim zu den Eltern. Die Leute halten uns gefangen.“

Auch Hedi dachte mit Entsetzen an die Eltern, die auf ihre Heimkehr warteten. Schon einmal hatte sie der gute Vater eine Stunde lang gesucht. Strenge Strafe war die Folge ihres Fernbleibens gewesen. – Jetzt sperrte man sie hier tagelang ein, nur weil sie ein bißchen ins Auto geklettert waren, um nachzusehen, was in dem schwarzen Kasten wäre.

Trotzdem tröstete sie den weinenden Fritz immer aufs neue.

„Ich werde immerzu an die Tür bumsen, dann kommt der Mann. Ich werde ihm sagen, daß ich zuerst in den Kasten gekrochen bin, daß er dich nicht hauen soll, weil du noch so'n kleiner Junge bist. Dann haut er nur mich, und du kannst gehen."

„Haut er nur dich?"

„Ja –", sagte Hedi kleinlaut. Ihr war bei diesem Gedanken gar nicht wohl, doch der Fritz tat ihr sehr leid. Er sah gar zu häßlich aus in dem beschmutzten Anzug.

Vereint hämmerten die Kinder mit den kleinen Fäusten gegen die Tür. Hätten sie gewußt, daß die Garage des Getreidehändlers abseits in einem großen Hofe stand, wäre ihr Mut noch mehr gesunken. Niemand ahnte, daß hier zwei verängstigte Kinder eingesperrt waren.

„Ich hab' Hunger", jammerte Fritz.

„Warte mal noch ein Weilchen", tröstete Hedi. „Es wird gleich einer kommen und uns was zu essen bringen."

Aber es kam keiner. Von Zeit zu Zeit schlugen die Kleinen vereint gegen die Tür der Garage, um sich bemerkbar zu machen. Als aber Stunde auf Stunde verrann, erlahmten ihre Kräfte. Hinzu kam die immer größer werdende Angst.

Fritz kauerte in der Ecke der Garage. Sein Kopf war vornübergesunken; er war vom Weinen und von der Erregung müde geworden. – Hedi blickte sich suchend um, ob sie dem Erschöpften nicht ein besseres Lager bereiten könnte. – Dort stand das Auto mit den weichen Polstern. Doch hatten die Kinder Angst, einzusteigen. Schließlich überwog das Mitleid.

„Komm, Fritzchen, ich setze dich in den Wagen.“

„Ich will nicht in den Wagen!“

„Komm nur, er tut dir nichts, ich passe auf.“

Hedi umfaßte den Spielgefährten und führte ihn wie eine sorgsame Mutter zum Auto und drückte ihn auf den Polstersitz.

„Hier kannste schlafen, Fritzchen. Morgen früh bekommen wir dann Frühstück – Milch und Kuchen und Honig und eine Gänseschmalzschnitte. Das bringt uns die Waldfee. Ich will es ihr sagen. Und dann können wir auch wieder nach Hause gehen.“

„Ich habe so große Angst.“

Hedi kroch neben den Freund auf den Sitz, legte dessen Lockenköpfchen an ihre Schulter und flüsterte: „Es darf dir keiner was tun. Der liebe Gott ist in jedem Winkel, er ist auch in der Garage. Und wenn er vielleicht auch böse auf uns ist, er wird schon wieder gut werden. Du brauchst wirklich keine Angst zu haben.“

Fritz war so erschöpft, daß ihm noch während der Worte des kleinen Mädchens die Augen zufielen.

Aber Hedi konnte noch lange nicht schlafen. Jetzt erst überkam sie erneut die Sorge. Sie wußte, daß sie von den Eltern gesucht würde, und sie wußte auch, daß sie heute sehr unfolgsam gewesen war, daß es heute sehr schlimm ausging.

„Lieber Gott – liebe Traumfee und liebe Waldmutter, sieh doch zu, daß wir hier bald heraus können. Ich habe ja solche große Angst!“

Dann schlief Hedi ein. Die Traumfee meinte es auch wirklich gut mit den Kindern. Sie führte die Kleinen im Traum in den schönen grünen Wald, zeigte ihnen Hirsche und Rehe, während sie eng aneinandergeschmiegt in dem Auto saßen und im Schlummer ihr großes Leid und ihren Kummer vergaßen.

Die beiden schliefen noch, als am anderen Morgen gegen neun Uhr der Getreidehändler Henschel die Garage betrat, um eine Fahrt über Land anzutreten. Er glaubte seinen Augen nicht zu trauen, als er die beiden beschmutzten Kinder sah, die gar friedlich aneinandergelehnt im Schlummer lächelten. Wie kamen die Kleinen hierher? Die Garage war fest verschlossen. Beim näheren Betrachten erkannte er den kleinen Sohn des Gutsbesitzers Niepel. Womit hatten sich die Kinder so beschmutzt? Da fiel ihm ein, daß er gestern in der Stadt mehrere Flaschen Himbeer- und Zitronensaft gekauft hatte, die hinten im Auto standen. – Waren die Kleinen in den Notsitz gekrochen und unfreiwillig mitgefahren? Die Ärmsten hatten die Nacht in der Garage verbringen müssen.

Er mußte lachen, als er Hedi antippte. Liebevoll hatte die Kleine ihren Arm um den Knaben geschlungen. Nun wachte sie auf, die blauen Kinderaugen weiteten sich in jähem Schreck. Vor ihr stand der Räuber mit dem schwarzen Bart, der sie gefangen hielt und nun verprügeln wollte.

„Der – der kleine Junge – hat nichts getan – ich habe ihn mitgenommen – – ich – ich – –"

Weiter kam die Kleine nicht, die Angst verschlug ihr die Stimme. – Warum lachte der Mann so sehr?

„Wie kommt ihr denn hierher?"

Nun erwachte auch Fritz. Scheu versuchte er sich hinter Hedi zu verstecken.

„Wir sind da hinten im Kasten gewesen – – wir konnten nicht 'raus – – bitte – – laß uns frei – – wenn du willst, kannst du mich auch ein bißchen hauen, aber nicht den kleinen Jungen – der kleine Junge – –"

„Die ganze Nacht habt ihr hier gesessen? – Lieber Gott, was werden eure Eltern sagen."

„Es wird sehr schlimm sein", meinte Hedi. „Aber laß uns jetzt los."

„Erst nehme ich euch mal mit, damit man euch wäscht, ihr Ferkel! Dann fahre ich euch sofort heim."

Die Kinder wollten es nicht glauben, daß der böse Mann so gut sein konnte. Sie wagten kaum, aus dem Auto zu steigen.

Der Getreidehändler war allerdings ein wenig bestürzt, als er seinen schmutzigen Wagen sah. Doch zunächst mußten die Kinder gesäubert und heimgebracht werden. Er konnte mit Niepel sogar telephonieren und ihm mitteilen, daß sein Sohn Fritz wohlbehalten bei ihm wäre. Welche Angst mußten die Eltern der Kleinen ausgestanden haben.

In seiner Wohnung wurden die verängstigten Kinder gewaschen und dann von Henschel heimgefahren. Erst hielt er am Forsthause an, um Hedi abzuliefern. Minna, die Magd, empfing das Kind mit heftigen Scheltworten.

„Du bist an allem schuld! Wenn deine Mutti jetzt sehr krank wird, hast du es dir zuzuschreiben, du unartige Pucki! Warte nur, der Vater wird dir das Ausreißen anstreichen."

„Wo ist denn die Mutti?"

„Sie liegt zu Bett, du darfst nicht zu ihr."

„Mutti – ach Mutti", schluchzte Hedi herzbrechend auf, „ich will zur Mutti!"

Während der Getreidehändler mit Minna sprach, kam der Vater aus dem Hause. Hedi eilte auf den Vater zu, doch der wehrte die Umarmung der Kleinen streng ab.

„Vati will dich nicht sehen, er ist so traurig über dich. Vati grämt sich, weil er solch unartiges Kind hat. Die Mutti ist krank."

„Mutti – Mutti – –"

„Sei jetzt still, Pucki, Mutti darf nicht noch mehr aufgeregt werden."

„Ich will die Mutti bitten – –"

„Du bleibst bei Minna, Vati hat jetzt keine Zeit für dich."

In der Küche saß Hedi und weinte leise vor sich hin. Freilich, sie konnte sich denken, daß Vater und Mutter die Nacht über in großer Sorge gewesen waren.

„Ich konnte doch nicht 'raus aus dem Stall – er war fest verschlossen!"

Draußen stand Förster Sandler neben Henschel. Erst jetzt konnte er sich das Verschwinden des Kindes erklären. Man war in größter Aufregung gewesen. Nun schwebte der Förster in Sorge um seine Frau, bei der der Arzt weilte. –

Im Niepelschen Hause gab es für Fritz eine gehörige Tracht Prügel. Der Knabe nahm sie zerknirscht hin.

„Ich bin nur froh", sagte er zu den Brüdern, „daß er uns nicht noch länger eingesperrt hat."

Gutsbesitzer Niepel konnte sich das Lachen nicht verbeißen, als er erfuhr, daß die Worte des Getreidehändlers die beiden Kinder so sehr geängstigt hatten. Von den Taubenschlägen hatte Henschel gesprochen; er riet dem Freunde, die Tauben, die er züchten wollte, zunächst einige Tage lang einzusperren. Auch eigneten sich große Taubenrassen besser zur Zucht als kleine, die er persönlich nicht leiden könne. Diese Bemerkungen waren von den verängstigten Kindern falsch ausgelegt worden. Fritz versicherte, er werde niemals wieder in ein Auto steigen.

Das gleiche Versprechen gab auch Hedi. Sie war sehr kummervoll. Wenn nur erst die gute Mutti wieder gesund wäre und ihr verzeihen könnte. Noch schrecklicher als die Fahrt in der dunklen Kiste war der Unwille der Eltern.

Hedi schmiegte den Blondkopf an das braune Fell des treuen Hundes, und indem erneut die Tränen aus ihren Augen tropften, sagte sie unglücklich:

„Lieber Harras, mach doch, daß die Eltern bald wieder gut sind."

Es schießt

Mit unzufriedenen Blicken betrachtete Hedi Sandler das winzige Kindchen, das im Wagen lag. Die Eltern hatten ihr gesagt, es wäre das neue Schwesterchen, das ins Forsthaus gekommen sei. – Anfangs freute sich Hedi über diese Kunde und bestaunte das kleine schlafende

Püppchen, als aber beim Erwachen lautes Schreien ertönte, schüttelte sie mißbilligend den Kopf.

Das ging nun schon mehrere Tage so. Die Mutti, die ein ganzes Weilchen im Bett gelegen hatte, lief wieder umher, und Hedi fand, daß sie sich viel mehr um den kleinen Schreihals kümmerte als um sie. Jedesmal, wenn das Schwesterchen zu brüllen begann, kam die Mutti herbei, nahm es aus dem Wagen und trug es davon. So beschloß Hedi, auch nicht immer still dazusitzen, sondern die Mutti durch Schreien herbeizulocken.

An einem Vormittag, als das Schwesterchen wieder einmal kräftig geschrien hatte und jetzt schlafend im Wagen lag, fing Hedi an, ganz plötzlich laut zu brüllen. Die in der Küche beschäftigte Mutter eilte herbei. Da lachte das kleine Mädchen aus vollem Halse und sagte schelmisch:

„Jetzt mache ich es immer genau so wie das kleine Schwesterchen. – Kommst du auch immer zu mir, wenn ich brülle?“

„Warum schreist du so sehr?“

„Ich wollte nur sehen, ob du auch kommst, weil du immer kommst, wenn das kleine Schwesterchen schreit. Hedi will auch, daß die Mutti oft zu ihr kommt.“

„Schäme dich, Hedi, die Mutti von der Arbeit fortzuholen. – Du bist viel zu groß, um solch Geschrei anzustimmen, wenn dir nichts fehlt.“

Seit dieser Bemerkung der Mutter wurde Hedi noch nachdenklicher. Man mußte also ein ganz kleines Ding sein, dann durfte man schreien. Die Dora von Tante Niepel schrie auch immer. – Nicht mal spielen durfte sie mit der kleinen Schwester. Das war kein Mädchen, das war auch keine Puppe, nicht mal ein Teddybär.

„Vati“, schmeichelte das Kind eines Nachmittags, als Förster Sandler von einem Rundgang durch den Wald heimkam, „nimm das Kind wieder mit in den Wald, wir möchten unter uns sein; wir können das Kind nicht brauchen.“

„Aber Hedi – du mußt dich doch über das Schwesterchen freuen."

„Ach, nein, Hedi freut sich gar nicht. – Nimm es nur wieder mit! – Warum ist es denn grade zu uns gekommen?"

„Nun, unsere Hedi war fortgelaufen, ist eine ganze Nacht weggewesen, da haben wir uns eben ein anderes kleines Mädchen geholt."

Die Kleine überlegte. Es stimmte, was der Vater sagte. Damals, als sie von dem schwarzen Manne mitgenommen wurde und schreckliche Angst im Auto ausgestanden hatte, hatten die Eltern sorgenvoll nach ihr gesucht. Sehr bald darauf war dann das kleine Ding dagewesen, das im Wagen lag und schrie.

„Hätt' ich gewußt, Vati, daß so ein unartiges Ding zu uns kommt, wäre ich nicht in die Kiste beim Auto gestiegen. – Ach, Vati, ich bin eben ein Pucki, und wenn ein Pucki was anfängt, geht es immer schlimm aus. Jetzt haben wir den kleinen Schreihals auf dem Halse. – Du, Vati, wollen wir nicht der Mutti ganz heimlich 'ne Freude machen und das kleine Schwesterchen 'rausschmeißen? Sie wird sich sehr freuen, wenn sie nicht immerzu laufen muß, wenn es schreit."

„Du mußt dein kleines Schwesterchen sehr liebhaben, Hedi. Das hat uns der liebe Gott aus dem Himmel geschickt."

„Vielleicht wollte er es nicht mehr haben, weil es so viel schreit. – Wir wollen ihm doch sagen, er soll es wieder in den Himmel holen."

„Schäme dich, Hedi! Das Schwesterchen wird größer, dann läuft es und spielt mit dir im Garten und im Walde."

„Aber morgen kann es noch nicht mit mir spielen?"

„Dummerchen, so schnell geht es nicht."

Von nun an beobachtete Pucki die Kleine noch aufmerksamer. Wenn sie am Wagen stand, so sprach sie oftmals auf das schlafende Baby ein.

„Dummer Schreihals – nun wachs aber endlich! Ich will doch mit dir spielen!"

Sie konnte sich mit dem Baby nicht anfreunden und ging auch nach wie vor lieber nach dem Niepelschen Gut, um die Drillinge zu besuchen, als daß sie neben der Mutter herlief, die das Baby oftmals im Kinderwagen im Wald spazieren fuhr. Freilich, bei Niepels war auch manches anders geworden. An jedem Morgen fuhr der Kastenwagen mit den Milchkannen Walter und Fritz zur Schule nach Rahnsburg. Hedi stand oft vor der Tür des Forsthauses, wenn der Wagen vorüberkam und winkte den Knaben zu. Wenn das Gefährt dann gegen Mittag zurückkam, wurde meist angehalten; es begann ein lebhaftes Fragen und Antworten. Walter fand es schrecklich in der Schule, Fritz dagegen behauptete, es sei furchtbar ulkig und man könnte dort allerlei Späße machen. Paul lag nun nicht mehr zu Bett, er durfte jedoch noch nicht weit gehen, um das gebrochene Bein, das langsam zu heilen anfing, nicht anzustrengen. Er sehnte die Stunde herbei, in der er wieder frei herumspringen durfte, und hatte Hedi hoch und heilig versprochen, niemals wieder den Knecht zu ärgern, denn er wisse nun, was ein Hinkeldei sei.

An einem Vormittag, als Hedi wieder einmal mit der geliebten Puppe im Garten des Forsthauses saß, unweit des Kinderwagens, kam ein Auto. Neugierig blickte das kleine Mädchen dem Wagen entgegen, ließ aber im nächsten Augenblick erschreckt die Puppe fallen, denn es erkannte in dem Fahrer jenen schrecklichen Mann mit dem schwarzen Bart. Das war auch derselbe graue Wagen mit der Kiste hintendran, in der sie die entsetzliche Fahrt zurückgelegt hatte.

Der schwarzbärtige Mann war für Hedi noch immer ein Schrecken. Obwohl er freundliche Worte mit ihr gewechselt hatte, glaubte sie doch nicht recht an seine Ehrlichkeit. Zu deutlich standen die entsetzlichen Stunden, die sie im Wagen und später in der Garage verlebt hatte, noch in ihrer Erinnerung.

„He, holla, kleines Mädchen!“

Hedi blieb stehen und sah mißtrauisch auf den schwarzen Mann, der aus dem Auto stieg und durch den Garten geschritten kam.

„Kennst du mich noch?“

Hedi nickte.

„Du brauchst mich nicht gar so ängstlich anzusehen, kleines Mädchen, ich tue dir nichts; im Gegenteil, ich habe dir was Schönes mitgebracht."

Noch immer stand das Kind regungslos in der Haustür, um jeden Augenblick zur Mutter zu laufen, falls der schwarze Mann Miene machen sollte, sie erneut in den Kasten zu stecken.

„Schau mal, da ist ja noch ein kleines Kindchen. Ist das dein Brüderchen oder dein Schwesterchen?"

„Ja."

„Da freust du dich wohl sehr?"

Hedi schüttelte den Kopf, „Mutti hat es geholt, als ich nicht nach Hause kam. – Willst du es mitnehmen?"

„Nein, nein, ich will dir nur etwas bringen. Warte noch einen Augenblick. Für dich und deinen kleinen Freund habe ich ein paar Luftballons."

Luftballons? Darunter konnte sich Pucki nichts vorstellen. Von Luftballons hatte die Kleine noch nichts gehört. Langsam und vorsichtig folgte sie dem Getreidehändler Henschel, der aus dem Wagen sechs bunte Gasballons hervorholte. Jeder Ballon war an einem langen Faden befestigt und schwankte lustig in der Luft hin und her.

Hedis Augen leuchteten auf. Die blauen, roten, grünen und gelben Ballons gefielen ihr sehr. Sie streckte beide Hände danach aus.

„Kann ich sie kriegen?"

„Ja, für deinen Freund habe ich noch andere im Wagen."

Er reichte dem kleinen Mädchen fünf Ballons und behielt einen blauen zurück.

„Du mußt sie gut festhalten. Wenn sie fortfliegen, kommen sie nicht wieder. Dann gehen sie bis in die Wolken."

Hedi hörte kaum auf die Worte. Sie riß an den Bindfaden hin und her und jauchzte vor Freude laut auf, als die Ballons immer wieder zur Höhe strebten. Sie lief im Garten mit den Luftballons immer auf und ab.

„Nun paß mal auf, kleines Mädchen, wie hoch solch ein Ballon fliegt, wenn ich ihn loslasse."

Nach diesen Worten riß Henschel die Schnur entzwei, an der der Ballon schaukelte. Kerzengerade stieg er in die Luft.

Hedi ließ kein Auge davon ab. Von Zeit zu Zeit stieß sie einen Freudenschrei aus, weil der Ballon immer höher schwebte.

„Können wir ihn nicht endlich zurückrufen?"

„Nein, das geht nicht – der ist nun weg, der fährt in die Wolken."

„Zu den Englein?"

„Ja – er sagt den Englein guten Tag."

„Und den Sternen auch?"

„Jawohl."

„Oh – ich möchte auch mal so hoch fliegen und die Sterne anfassen und den Englein guten Tag sagen."

„Wie der kleine Pitt."

„Wer ist der kleine Pitt?"

Der Getreidehändler lachte. Dieses niedliche blonde Mädchen machte ihm Spaß. Warum sollte er ihm nicht ein Märchen erzählen.

„Ist der kleine Pitt zu den Englein geflogen?"

„Ja, der kleine Pitt war ein ganz kleiner Junge, genau so klein wie du. Man hatte ihm viele solcher Luftballons geschenkt, da hat er sich einen an den Arm, einen ans Bein, einen um den Hals gebunden und dann hat er die anderen auf die Erde gelegt, hat sich daraufgesetzt und husch – ist er losgeflogen. Die Ballons haben ihn immer höher getragen, bis in die Wolken."

„Ist er denn nicht 'runtergefallen?"

„O nein, der kleine Pitt saß ganz ruhig auf den Ballons. Dann ist er in die Wolken gekommen, hat den Sternen und dem Mond guten Tag gesagt – –"

„Hat der Mond ein gutes oder ein böses Gesicht gemacht?"

„Ein gutes Gesicht. Er sagte zum kleinen Pitt: Nun bleib mal ein bißchen bei mir, ich werde dir die Mondwiese zeigen. Auf der Wiese weiden viele Kühe und Schafe."

„War auf der Wiese grünes Gras?"

„Jawohl, wunderschönes grünes und blaues Gras. Ganz so blau wie der Himmel."

„Blaues Gras hat Onkel Niepel aber nicht."

„Beim Mondmännchen ist das anders, das Mondmännchen hat ganz große Kühe, viel größer als die bei Onkel Niepel. Das sind die Mondkühe. Dann hat das Mondmännchen die Kühe gemolken, und der kleine Pitt hat viel gute Milch bekommen."

„Er hat wohl mächtigen Hunger gehabt, weil er so lange in die Luft hineingefahren ist?"

„Dem kleinen Pitt hat es bei dem Mondmännchen sehr gut gefallen. An jedem Morgen ist er hinaus auf die Mondwiese gelaufen und hat die Kuh gemolken und frische Milch getrunken."

„Da wird ihn seine Mutti aber sehr gesucht haben. Sie wird sich inzwischen wohl auch ein kleines Schwesterchen angeschafft haben."

„Das hat sie gewiß getan. Darum kümmerte sich der kleine Pitt aber nicht. Er sprang lustig auf der Mondwiese zwischen den Kühen umher und hat schöne Blumen gepflückt. Und eines Tages hat das Mondmännchen zu ihm gesagt, er solle die Milch der Kühe in einen Eimer melken, damit die gute Milch nicht auf der Wiese umherläuft. Doch der

Pitt hörte nicht, im Gegenteil, er hat aus Übermut die Kühe gemolken und die Milch auf die Wiese fließen lassen. Da ist die schöne blaue Wiese langsam weiß geworden. Darüber wurde das Mondmännchen sehr böse und hat den Pitt wieder auf die Erde geschickt."

„Ist dann die Wiese wieder blau geworden?"

„Nein, die Wiese ist heute noch weiß. Das kannst du an jedem Abend, wenn die Sterne recht schön scheinen, deutlich sehen. Laß dir mal von deinem Vater die Milchstraße am Himmel zeigen."

Hedi machte kreisrunde Augen. „Trippt denn die Milch nicht 'runter?"

„Nein, die bleibt hübsch oben auf der Mondwiese, damit alle Menschen sehen, wie unartig der kleine Pitt war. – So, mein kleines Mädchen, nun muß ich aber wieder weiterfahren. Paß gut auf die Ballons auf, laß sie nicht fortfliegen. – Schau mal, der blaue, der uns davonflog, ist nur noch ein ganz kleines Pünktchen."

Der Getreidehändler war davongefahren. Hedi stürmte mit den fünf bunten Ballons durch den Garten. Das neue Spielzeug machte ihr größten Spaß. Es war doch gar zu lustig, die bunten Bälle anzuschauen. Vor dem Kinderwagen blieb Hedi nachdenklich stehen. Der Vater hatte gesagt, das Kind sei aus dem Himmel gekommen. Ob sie es nicht wieder in den Himmel zurückschickte? Ob sie ihm die bunten Bälle an Hände und Füße binden sollte, wie es der kleine Pitt getan hatte? Milch bekam es genügend von den Mondkühen. Aber die Ballons waren viel zu schön, um sie für das kleine Ding herzugeben. – Wäre es nicht richtiger, sie führe auch mal zu den Mondkühen hinauf und besuchte die Sterne?

Hedi hatte den Garten verlassen und lief auf der Straße fröhlich auf und ab. Sie hatte alle fünf Ballons in den Händen, keiner durfte ihr entwischen. Sie lief auch ein Stückchen in den Wald hinein, doch die Ballons streiften an die Bäume und blieben daran hängen. So kehrte sie wieder um. Sie hätte gar zu gern den Vati besucht, der hinten bei dem Holzschlag war, und ihm die bunten Blasen gezeigt.

Das Kind blinzelte zum Himmel empor. Der kleine Pitt hatte sich auf einige der Ballons gesetzt, hatte einen am Bein, einen anderen am Arm festgebunden und war dann in die Wolken geflogen. Ob sie nicht auch ein kleines Stückchen in die Luft fliegen konnte? Nur bis auf die hohe Tanne, auf der an jedem Morgen die Amsel saß und so schön sang.

Das Verlangen wurde immer größer. Mit den kleinen Fingerchen band Hedi einen der Ballons an den Arm, den zweiten ans Bein, dann knotete sie die drei anderen fest zusammen, schlang den Bindfaden um einiges Blaubeerkraut, das sich am Rande des Waldes vorfand, und setzte sich vorsichtig auf die drei Ballons nieder.

Mit lautem Knall platzten sie auseinander. Schreckensbleich sprang die Kleine auf und rannte tiefer in den Wald hinein, um beim Vater Schutz zu suchen.

„Es schießt – es schießt!"

Woher der Knall gekommen war, wußte sie nicht. Sie sah nur den Mann mit dem schwarzen Barte im Geiste vor sich und glaubte nichts anderes, als daß er ihr etwas antun wollte.

„Es schießt – es schießt!" schrie sie laut und verängstigt, während ihr die Tränen aus den Augen flossen.

Immer tiefer rannte das Kind in den Wald hinein und achtete nicht darauf, daß es noch einen Ballon am Bein und einen zweiten am Arm festgebunden hatte. Es mußte den Vater finden, nur er konnte ihm helfen. Der Vater würde seine liebe Tochter beschirmen.

„Vati – Vati – es schießt!"

Hedi, die den Weg zum Holzschlag genau kannte, war heute viel zu verängstigt. Sie bog vorzeitig in einen anderen Weg ein, rannte mit klopfendem Herzen weiter und immer weiter. Der Weg wurde enger, und als das Kind endlich stehen blieb, erkannte es, daß es falsch gegangen war und drückte sich verstört an den Stamm einer Tanne.

„Puff!" Der Ballon, der am Bein befestigt war, knallte auseinander.

„Vati – es schießt – es schießt – Der schwarze Mann schießt! Vati! – Vati!“

Unter lautem Schluchzen rief Hedi nach dem Vater, der jedoch viel zu weit entfernt war, um sein Töchterchen zu hören.

„Vati – Vati!“ Sie hastete weiter, lief mitten durch die Bäume, von Zeit zu Zeit angstvoll stehenbleibend, nach rechts und links horchend, ob denn der Vati noch immer nicht antworte.

Da leuchtete ein breiter Weg durch die Baumstämme. Das mußte der Weg sein, der nach dem Holzschlag führte. Das Kind zwängte sich zwischen Gestrüpp hindurch, kollerte in einen gezogenen Graben, und schon platzte der letzte Ballon.

„Er schießt immer noch! – Vati – Vati – er schießt!“

Ein entsetzter Aufschrei antwortete. Doch dieser Ruf dünkte der Kleinen eine Erlösung. Sie fühlte sich nicht mehr allein, irgend jemand war in ihrer Nähe, der ihr helfen konnte. Hedi kletterte rasch aus dem Graben und stand bald auf dem breiten Waldwege. Sie sah eine ältliche Dame, die ängstlich nach rechts und links blickte.

„Es schießt – es schießt!“ Mit diesen Worten stürmte Hedi auf die fremde Frau zu, wies mit dem Fingerchen zurück in das Dickicht, durch das sie gekommen war, und wiederholte bebend: „Hast du gehört – er schießt.“

Die Angeredete begann zu jammern. „Wer schießt nach dir, mein Kind?“

„Der böse, schwarze Mann.“

„Mein Himmel – was ist das für ein Mann? Will er dir etwas tun?“

„Ja – er schießt – –“

Die einsame Spaziergängerin bekam Angst. Fräulein Meise war ohnehin eine ängstliche Natur, die sich nur selten in den Wald wagte. Heute hatte sie das Bedürfnis gehabt, von Rahnsburg aus einen längeren Spaziergang zu machen. Sie war vor wenigen Minuten umgekehrt, um wieder heim zu gehen, weil ihr der stille Wald gar zu unheimlich dünkte. Ganz plötzlich war ein Schuß an ihr Ohr gedrungen, dann erschien das weinende Kind, das anscheinend von einem Manne verfolgt wurde.

„Ist es ein Wilddieb? Hast du ihn gesehen? Kind, komm rasch!“

„Ich will zum Vati.“

„Hilfe – Hilfe!“ rief nun auch Fräulein Meise laut und ängstlich. „Räuber – Wilddiebe – zu Hilfe!“

Die Angst des alten Fräuleins steckte auch das kleine Mädchen an. Hedi fürchtete sich sonst nicht im Walde, doch das Schießen am heutigen Tage war ihr unheimlich. Dem schwarzen Manne traute sie überhaupt nicht. Er hatte ihr die bunten Blasen nur geschenkt, um sie totzuschießen.

„Komm schnell, mein Kind!“ Fräulein Meise faßte Hedi an der Hand, dann ging es im Laufschritt den Waldweg zurück. Hedi vermochte kaum so rasch zu rennen wie Fräulein Meise. Jedesmal, wenn ein Vogel aufflog oder ein anderes Geräusch zu vernehmen war, schrie Fräulein Meise entsetzt auf.

„Ein Räuber – ein Wilddieb – –“

Der Weg führte direkt auf das Forsthaus zu. Man sah das schmucke Haus schon von weitem. Fräulein Meise schlug erleichtert die Hände zusammen.

„Gottlob, wir sind gerettet – dort ist das Forsthaus! Es muß sofort eine Streife angestellt werden, damit man den Wilddieb findet.“

Hedi riß sich von der Hand ihrer Beschützerin los, stürmte ins Haus und schrie:

„Mutti – Mutti – – es schießt!“

Frau Sandler erschrak über ihr erregtes Töchterchen. Das Gesicht war von Tränen beschmutzt, das Kleidchen unsauber und zerrissen.

„Pucki, wie siehst du aus!“

„Es hat geschossen, Mutti! – Der schwarze Mann ist hinterhergekommen und hat geschossen. – Es war schlimm!“

„Frau Förster – Frau Förster – Sie müssen uns beistehen. Im Walde geht Gesindel um. Man verfolgte uns – hat nach uns geschossen!“

Fräulein Meise stand in der Küchentür, noch bebte sie an allen Gliedern.

„Im Walde hat man Sie verfolgt?“ Auch Frau Sandler wurde unruhig. In diesem Wald war noch niemals etwas geschehen, und heute sollte ein Wilddieb sein Unwesen treiben, sogar nach ihrem Kinde geschossen haben?

„Mein Mann muß den Schuß gehört haben – vielleicht ist es ein stürzender Baum gewesen. Holzfäller sind bei der Arbeit. So sprich doch, Hedi, du bist sonst kein Angsthase?“

„Ich muß mich setzen“, stöhnte Fräulein Meise, „ich kann mich kaum noch auf den Füßen halten.“

Frau Sandler führte die erregte Dame ins Wohnzimmer. Fräulein Meise ließ sich in der Sofaecke nieder und stöhnte leise.

„Komm hinaus in die Küche, mein Kind“, sagte die Mutter leise, „und nun erzähle mir, was es für ein Mann gewesen ist.“

Mit überstürzten Worten berichtete die Kleine von dem schwarzen Mann, der mit dem Auto angekommen wäre und ihr die schönen, bunten Bälle gebracht hätte. Erst nach längerem Fragen wurde es Frau Sandler klar, daß es sich hier um Gasballons handelte, die natürlich bei Stoß und Druck zerplatzen mußten. Doch das wußte die kleine Hedi noch nicht. Sie hielt das Platzen der Gasballons für Schüsse, die irgend jemand abgefeuert hatte. Frau Sandler konnte nur mit Mühe ein Lachen unterdrücken, als sie die Bindfaden erblickte, die sich noch immer am Arm und am Bein ihres Töchterchens befanden.

Sie versuchte, dem Kinde die Sache zu erklären. Doch Hedi war noch viel zu verängstigt, um den Worten der Mutter zu glauben. Sie meinte nach wie vor, daß der Mann mit dem schwarzen Bart geschossen hätte.

„Mutti“, sagte sie plötzlich in neuem Entsetzen, „wird's nu beim Fritz auch schießen?“

„Du brauchst dich nicht zu ängstigen. Wenn ich wieder nach der Stadt komme, will ich dir solch einen Ballon mitbringen, damit du erkennst, daß dir Herr Henschel wirklich nur eine Freude bereiten wollte. Du bist eben unser kleines Dummerchen. Aber im Walde brauchtest du dich nicht zu ängstigen, du kennst doch den lieben Wald.“

Als Hedi drei Tage später einen schönen, blauen Gasballon bekam, lehnte sie diese Gabe ab und schenkte ihn an Minna weiter.

„Ich schenke dir den Ballon, und du läßt mich in den Klotzpantinen mal spazierengehen.“

Ein schlimmer Tag für Pucki

Förster Sandler hatte auch am heutigen Tage, wie schon so oft, sein Töchterchen mit in den Wald genommen. Da nicht weit vom Forsthaus gearbeitet wurde, konnte die Kleine, ohne daß der Vater etwas zu befürchten brauchte, allein den Heimweg antreten. Aber heute wollte Hedi nicht so rasch von der Seite des Vaters fortgehen, denn es wurden hohe Bäume gefällt; das war für das kleine Mädchen ein gar wichtiges Ereignis.

Anfangs war die Kleine immer sehr traurig gewesen, daß solch schöner Baum sterben mußte. Als ihr der Vater aber erklärte, daß nur die Bäume geschlagen würden, die keine Lust mehr zum Leben hätten, beruhigte sich Hedi.

„Für die kleinen Bäume muß Platz gemacht werden, mein Kind, sie sollen doch auch groß und kerzengerade wachsen. Das könnten sie jedoch nicht, wenn all die alten Bäume stehenbleiben.“

„Aber es tut dem Baum gewiß weh, wenn man auf ihn loshackt.“

„Wir hacken nur solche Bäume um, denen es nicht mehr wehtut, mein Kind. Die Waldarbeiter wissen ganz genau, wie sie es anfangen müssen, damit der Baum keine Schmerzen leidet."

Aufmerksam verfolgte das Kind die Säge, die in dem dicken Baumstamm hin und her ging. Wenn sie gar zu laut wurde, meinte Hedi traurig:

„Vati, ich glaube halt doch, daß es dem Baum weh tut."

Der Vater führte seine weichherzige Tochter schließlich fort. Er ließ das Kind auf geschlagenen Baumstämmen laufen, ließ sie schöne Tannenzapfen suchen, und so wurde Hedi bald wieder fröhlich.

„Kannst du auch auf den Baumstämmen laufen, Vati?"

„Freilich kann ich das! Als Junge habe ich das immer gemacht."

„Bist du als Junge auch viel im Walde gewesen?"

„Jawohl, den ganzen Wald habe ich durchwandert."

„Ist doch schade, Vati, daß ich dich damals nicht gekannt habe, als du noch ein kleiner Junge warst; wir hätten so schön miteinander gespielt."

„Bald wird dein kleines Schwesterchen auch so groß sein, daß du mit ihm spielen kannst."

Hedi zog die Nase kraus. „Nein, Vati, das kleine Schwesterchen wächst nicht, mit dem kann ich nichts anfangen, mit dem kann ich auch nicht spielen."

„Dein kleines Schwesterchen wird mit jedem Tage klüger. Es kennt dich schon und freut sich, wenn es dich sieht."

„Wie heißt denn das kleine Schwesterchen, Vati?"

„Das ist eine kleine Waltraut."

„Heißt sie so?"

„Ja!"

„Ach – Vati, das ist nicht schön, wir wollen sie Greif nennen, so wie der große Hund vom Onkel Oberförster heißt. – Nicht wahr, Vati, wir nennen sie Greif?"

„Aber Pucki – –"

„Ich weiß, Vati, wir nennen sie Mucki! Ein Muckenhorn wird ihr schon noch wachsen, wenn sie groß ist! – Ach ja, wir nennen sie Mucki!"

„Wir haben an unserer Pucki reichlich genug, eine Mucki wollen wir nicht haben."

„Haste genug an mir, Vati? – Wozu brauchen wir dann noch so'n Kindchen."

„Es ist doch schön, wenn du ein Schwesterchen hast."

„Möchtest du auch einen Paul, einen Walter und einen Fritz haben wie Onkel Niepel?"

„Nein, nein", lachte Förster Sandler, „ich habe vorläufig an euch beiden genug!"

„Ich auch, Vati – aber es wäre schon besser gewesen, wenn ihr an mir genug hättet. Und wenn ich nicht weg gewesen wäre, hätte sich die Mutti auch keinen Greif angeschafft. – Oh, es war sehr dumm von mir, daß ich weg war."

„Da hast du recht! – Doch nun mußt du heimgehen, Pucki, sonst ängstigt sich die Mutti."

„Und sonst holt sie sich noch ein Kindchen."

„Immer hübsch den Weg geradeaus, nicht wieder verlaufen wie damals."

„Nein, Vati – ich habe gar keine Angst."

„Du brauchst auch keine Angst zu haben, Pucki, du weißt doch, jedes Kind hat seinen Schutzengel."

„Läuft der Schutzengel immer neben mir her?"

„Ja, das tut er."

„Geht der Schutzengel auch mit in den dunkelsten Wald?"

„Ja, mein Kleines, der Schutzengel bleibt immer an deiner Seite."

„Hat der Greif auch einen Schutzengel?"

„Ein Hund braucht keinen Schutzengel."

„Ich meine doch das Schwesterchen, das bei uns im Wagen schreit."

„Also dein Schwesterchen Waltraut! Ja, Waltraut hat auch schon einen Schutzengel, sogar einen ganz großen. Der hält beide Arme über das kleine Mädchen, damit ihm gar nichts passieren kann."

„Hat's einen größeren Schutzengel als ich?"

„Je kleiner ein Kind ist, um so größer ist der Schutzengel."

„Vati, dann hast du nur noch 'nen ganz kleinen Schutzengel, so klein wie ein Mäuschen."

„Das genügt; die Hauptsache ist, daß jeder Mensch vom lieben Gott beschützt wird. Ob es nun ein großer oder ein kleiner Engel ist, bleibt sich gleich."

„Und der Engel ist so wie die Luft, daß man ihn gar nicht mal sehen kann? – Steht er denn immerzu neben dem Wagen von dem kleinen Mädchen?"

„Ja."

„So, so – Mutti weiß das auch? Darum läßt sie manchmal den Wagen allein im Garten stehen."

„Pucki, du mußt nun heimgehen, Mutti wartet auf dich. Sie wird sich ängstigen, wenn du nicht kommst."

„Nur noch ein kleines bißchen. – Wenn ich nun auf einem anderen Wege nach Hause gehe, kommt dann der Schutzengel auch mit oder geht der immer nur geradeaus?"

„Du darfst auf keinem anderen Wege gehen als auf diesem. Wenn du nicht folgst, nehme ich dich nicht mehr mit in den Wald."

„Ich wollte doch nur wissen, Vati, ob der Schutzengel das immer mitmacht, was ich mache. – Hat der Schutzengel vom Paul auch mit auf dem Baum gesessen? Ist er mit heruntergekullert?“

„Nein, der Schutzengel hat unten am Baum gestanden, er hat den Paul gewarnt, hinauf zu steigen – –“

„Und da hat der Paul nicht gehört?“

„Und dann hat ihn der Schutzengel aufgefangen, als er vom Baum fiel, sonst hätte sich der Paul den Kopf zerschlagen.“

„Da hätte ihn der Schutzengel aber besser auffangen müssen, Vati. Ein Bein ist doch zerbrochen.“

„Das war die Strafe dafür, daß er den lahmen Knecht verhöhnte. Wäre der Schutzengel nicht gewesen, so wäre das Bein vom Paul nicht so gut geheilt. Doch der Schutzengel hat gleich seine Hand darauf gelegt, damit der Paul kein Hinkeldei wurde.“

„Vati, ich möchte gerne wissen – –“

„Pucki, jetzt wird Vati ernstlich böse, wenn du nicht sogleich heimgehst. – So, hier hast du den geraden Weg vor dir, und in fünf Minuten bist du am Forsthaus. Ich warte hier noch ein Weilchen und kann dich sehen.“

„Wenn nun aber der Schutzengel so hinter mir hergeht, daß du mich nicht sehen kannst?“

„Du hast doch selbst gesagt, der Schutzengel ist wie die Luft. Durch den Schutzengel kann man sehen. Auch geht er nicht hinter dir, sondern neben dir.“

„Wo geht er denn, Vati – hier oder hier?“ Das Kind wies nach rechts und nach links.

„Das kann ich nicht wissen. Wahrscheinlich geht er an der Seite, wo du dein Herzchen hast. – So, und nun lauf!“

„Vati – ich glaube, der Schutzengel meint, er wollte noch ein bißchen im Walde bleiben. Er möchte gern sehen, wie der große Baum umknallt.“

Förster Sandler streckte den Arm aus und wies gebieterisch auf den Weg.

„Nun aber los, Hedi!“

„Na dann komm, Schutzengel!“

Sehr langsam trottete die Kleine den breiten Weg entlang. Von Zeit zu Zeit sah sie sich um, und als sie noch immer den Vater bemerkte, winkte sie ihm zu.

Der Schutzengel, der neben ihr herschreiten sollte, beschäftigte das Kind außerordentlich.

Hedi wandte sich rasch noch einmal um. Vom Vater war nichts zu erblicken. So bog sie voller Übermut in einen kleinen Pfad ein, wandte rasch nochmals den Kopf zurück und – lag im nächsten Augenblick auf der Nase. Sie war über eine Wurzel gestolpert, die sie nicht bemerkt hatte.

Die Kleine verzog das Gesicht und rieb die Stirn.

„Hättest auch besser aufpassen können, Schutzengel – nu komm, wir wollen schon den breiten Weg gehen.“

Endlich war das Forsthaus erreicht. In jähem Schreck blieb Pucki an der Pforte stehen. – Was war denn das? Dort, an der Laube der Wagen, in dem das kleine Schwesterchen lag und direkt daneben ein viel kleinerer Kinderwagen, in dem auch ein blondlockiges Kindchen saß. Es hatte einen Teddybär in den Händen, den es krampfhaft festhielt.

In Hedi stieg der Zorn empor.

„Nun bin ich nur so'n bißchen länger fortgewesen, da hat sich die Mutti schon wieder ein Kindchen geholt!“

Eine tiefe Falte wurde auf der Stirn Hedis sichtbar, als sie an den kleinen Wagen herantrat.

„Was wollen alle die Kinder bei uns? – Ich will nicht noch ein Kindchen haben, und der Vati will auch nicht! Er hat gesagt, jetzt ist es genug! Ich verstehe die Mutti nicht, immerfort holt sie sich ein neues Kind! Zuerst war's so schön, als ich allein war.“

Dicht neben dem kleinen Wagen stand das schlafende Schwesterchen. Das war noch viel kleiner als das, was sich die Mutti heute geholt hatte.

„Was willst du denn hier? Wir sind genug, wir brauchen dich nicht!"

Puckis Hände faßten den Griff des kleinen Wagens, und plötzlich ging ein helles Leuchten über das Kindergesicht.

„Hab mal keine Angst, Kleine, wenn ich dich in den Wald fahre. Du hast auch einen großen Schutzengel, der steht immerzu neben dir. Keiner tut dir was. Wir wollen dich nicht, Kleine!"

Behutsam fuhr Hedi den Sportwagen aus dem Garten hinaus, bog in den breiten Weg ein, den sie soeben gekommen war und hielt bald im Fahren inne. Zu Vati durfte sie nicht, er würde vielleicht das Kindchen auch behalten, obwohl er vorhin gesagt hatte, daß er so viele Kinderchen nicht wolle.

„Du kriegst 'ne andere Mutti! Wir können dich nicht brauchen."

Mit diesen Worten bog Hedi in den kleinen Waldweg ein, den Wagen vor sich herschiebend. Dem kleinen Buben, der mit dem Teddybär spielte, schien diese Spazierfahrt gut zu gefallen. Er schaute Hedi vergnügt an und ließ von Zeit zu Zeit ein leises Lachen hören.

„Ich fahre dich in den ganz dunklen Wald, der Schutzengel ist immer bei dir – ein ganz großer – so groß, wie dort der Baum!"

Da der Weg viele Wurzeln aufwies, holperte der kleine Wagen bedenklich. Hedi ließ sich dadurch nicht bange machen. Einmal streifte auch ein tief herabhängender Zweig das Gesicht des Kindes, und es begann zu schreien.

„Still bist du!" rief Hedi, „sonst schilt dein Schutzengel!"

Nachdem sie etwa zehn Minuten auf dem schmalen Weg gefahren war, fühlte Pucki sich ermüdet.

„Jetzt ist es genug", meinte sie, „nun kann dich eine andere Mutti holen. Vati wird gewiß 'ne Freude haben, wenn er hört, daß das neue Kindchen weg ist."

Der Wagen wurde neben einen Baum geschoben, Hedi nickte dem kleinen Kinde zu und sagte schon im Fortgehen: „Der Schutzengel ist bei dir – so, nun sind wir dich los!“

Mit erleichtertem Herzen eilte sie zurück. Noch war der breite Weg nicht erreicht, da hörte sie in der Ferne lautes Krachen.

„Der Baum ist gepurzelt, ich muß hin!“

Vergessen war die Mahnung des Vaters. Hedi setzte sich in Laufschritt, erreichte bald den breiten Weg, stürmte vorwärts, vernahm auch kurze Zeit darauf das Sprechen der Waldarbeiter und stand in der nächsten Minute vor den Leuten, die soeben den dicken Baum gefällt hatten.

„Bum, da liegt er“, rief sie erfreut!

Förster Sandler war nicht mehr bei den Waldarbeitern; er war bereits zu einem anderen Schlage gegangen und ahnte daher nicht, daß seine unfolgsame Tochter zurückgekommen war. Für Hedi gab es vieles zu erkunden. Sie stellte unzählige Fragen an die Leute, die lachend von ihnen beantwortet wurden. Man hatte das kleine blonde Mädchen des Försters gar gern. Die Arbeiter scherzten mit ihm und freuten sich über das liebe Kind. Hedi lauschte auf jedes Wort, das gesprochen wurde. Manches verstand sie freilich nicht; daß man aber einen Baum zersägte und ihn zu einer Klafter zusammenstellte, war ihr bekannt und nichts neues.

„Hackt ihr den Baum nu auch noch kaputt?“

„Nein, der bleibt stehen.“

„Weil er noch nicht krank ist, weil er noch jung ist?“

„Ja, Hedi, deswegen bleibt er stehen.“

Dann sprachen die Männer allerlei zusammen und plötzlich sagte einer laut und vernehmlich:

„Wenn es doch der Oberförster so haben will, können wir nichts ändern.“

„Oh, da tutet es! Das ist der Onkel Oberförster!“

„Mädel, Hedi, hierbleiben!“

Doch das Kind war nicht zu halten. Es kannte die Hupe des Oberförsters genau, der ja so oft am Försterhaus angehalten oder vorübergefahren war. Jetzt freilich schien er nicht nach dem Forsthause zu wollen, denn das Hupen kam gerade von der entgegengesetzten Seite. Aber der Vater sprach oft davon, daß der Onkel Oberförster immer dort sei, wo Bäume umgeschlagen wurden.

„Hedi – Pucki!“

Vergeblich war das Rufen der Waldarbeiter.

Hedi jubelte innerlich. Dort drüben stand das graue Auto des Oberförsters. Es hielt mitten auf der breiten Straße im Walde.

„Onkel Oberförster – Onkel Oberförster“, jubelte sie schon von weitem.

Neben dem grauhaarigen Herrn stand der Vater. Hedi streckte verlegen die Zunge heraus und wischte damit in den Mundwinkeln umher.

„Nanu?“ Mehr sagte der Vater nicht, doch in seiner Stimme grollte es.

„Weidmannsheil, Onkel Oberförster!“ sagte Hedi hastig und machte dem alten Herrn ein artiges Knickschen. Verlegen griff das Kind mit der Hand nach der rechten Seite, als wolle es den Schutzengel festhalten, der hier stehen mußte.

„Weidmannsdank, Kleine. Bist wohl mit dem Vater in den Wald gegangen?“

„Hedi – –“

„Ja, Vati, gleich geht Hedi wieder nach Hause, ich wollte nur Onkel Oberförster was fragen.“

„Was willst du mich fragen?“ forschte der kinderliebe alte Herr.

„Onkel Oberförster, möchtest du ein kleines Kindchen haben? Im Walde is eins!“

„Ja, das sehe ich, daß im Walde ein Kindchen ist. Und nun wirst du dem Vater folgen. Du willst doch mal in den Himmel kommen?“

„Ja! Aber nicht jetzt. Jetzt darf ich nicht!“

„Was – du darfst nicht?“

„Ich muß gleich nach Hause gehen, sonst wird der Vati sehr böse. Oh, der Vati kann so böse werden wie der Harras!“

„Dann lauf mal schleunigst heim!“

„Kommste mit? – Soll ich dir mal das Kindchen zeigen?“

„Du sprichst kein Wort mehr, Hedi, du gehst sofort heim.“

„Ich wollte dem Onkel Oberförster doch nur das Kindchen zeigen, das wir nicht mehr haben wollen.“

Als Hedi aber die tiefe Falte auf der Stirn des Vaters sah, machte sie rasch einen Knicks und lief eilends den breiten Weg zurück, dem Forsthause zu. – –

Im Forsthause herrschte größte Aufregung. Frau Weimann war vor einer halben Stunde aus Rahnsburg gekommen, um im Forsthaus die Schuhe abzugeben, die ihr Mann für Förster Sandler und dessen Gattin fertiggemacht hatte. Da es ein herrlicher Maientag war und die Sonne warm schien, hatte die Schuhmachersfrau den kleinen Sportwagen mit dem einjährigen Söhnchen im Vorgarten stehen lassen. Das Wägelchen war dicht neben den anderen Wagen gefahren worden; hier draußen im Garten konnte den Kleinen ja nichts passieren. Außerdem war Rudi ein stilles und ruhiges Kind, das sich oft allein mit seinem Spielzeug beschäftigte.

Frau Sandler, die in der Küche beschäftigt war, wollte ihren Besuch ins Zimmer nötigen, doch Frau Weimann blieb in der Küche. Es gab mancherlei aus Rahnsburg zu erzählen, und so vergingen die Minuten gar rasch. Endlich verabschiedete sich die Schuhmachersfrau. Begleitet von Frau Sandler, betraten beide den Vorgarten. Vergeblich schauten sie sich nach dem Wagen mit Klein-Rudi um, er war nirgends zu erblicken.

Man rief Minna, die im Gemüsegarten arbeitete. Sie hatte nichts gehört, nichts gesehen, sie wußte auch nicht einmal, daß Besuch gekommen war. Kurzum: das Kind war verschwunden.

„Wie ist das möglich?“ sagte Frau Sandler beunruhigt.

„Vielleicht ist ein Vagabund vorübergekommen, der mein Kind mitgenommen hat“, weinte die besorgte Mutter. Dann begannen die beiden Frauen zu rufen.

Niemand konnte sich das Verschwinden des Kindes erklären. Noch niemals war im Forsthause etwas abhanden gekommen. Nun sollte ein Kind verschwunden sein?

„Wo ist mein Kindchen? – Bubi – Bubi!“

Laut und ängstlich tönte die Stimme der unglücklichen Mutter in den Wald hinein. Niemand hörte die Rufe, denn Hedi war mit dem Wagen viel zu tief in den Wald gefahren, und Förster Sandler weilte bei dem Holzschlag.

„Es ist unmöglich, daß das Kind verschwunden ist“, sagte die Förstersfrau.

„Es ist gestohlen – wurde geraubt! Vielleicht haben es vorüberziehende Zigeuner mitgenommen. – Ach, wo finde ich mein Kind!“

Die beiden Frauen und Minna liefen nach allen Seiten, in der Hoffnung, den Wagen irgendwo zu finden. Doch alles Suchen blieb erfolglos. Sie lauschten angestrengt hinein in den Wald – nichts war zu hören.

„Wo ist Hedi?“

„Sie ist mit meinem Manne in den Wald gegangen, sollte jedoch bald wieder heimkommen. Das Kind gehorcht nicht immer. Ich möchte meinen Mann aufsuchen.“

„Nein, Frau Sandler, bleiben Sie hier“, weinte Frau Weimann.

Frau Sandler wußte keinen Rat. Die unglückliche Mutter tat ihr sehr leid, und doch war nicht anzunehmen, daß der Knabe geraubt worden war.

Nochmals liefen die Suchenden nach allen Seiten. Minna war die erste, die auf Hedi stieß, die den breiten Weg dahergegangen kam.

„Woher kommst du?"

„Vom Vati und von Onkel Oberförster."

„Hast du den kleinen Rudi gesehen?"

„Ich habe keinen kleinen Rudi gesehen."

Seelenruhig schritt das kleine Mädchen zum Forsthaus, hinein in den Garten. Vor dem Hause auf der Bank saß die weinende Schuhmachersfrau.

„Mein Rudi – mein Rudi – warum habe ich ihn allein gelassen!"

„Warum weint die Frau?" fragte Hedi und wandte sich fragend an Minna.

„Ihr kleiner Junge ist fort, sie findet ihn nirgends."

„Ein kleiner Junge im kleinen Wagen?"

„Ja, Hedi, der Wagen hat im Garten gestanden."

„Ist das das Kind von *der* Frau und nicht das Kind von meiner Mutti?"

„Dummes Mädel, das ist das Söhnchen von Frau Weimann. Sie brachte Vaters Schuhe, sie kommt aus der Stadt."

„Ach je, das ist also nicht unser Schwesterchen? – Na, das ist gut! Ich habe gedacht, das ist unseres, da habe ich es weggefahren."

„Was hast du getan?"

„In den Wald habe ich es gefahren."

„Das Kind – in den Wald? Ja, was fällt dir denn ein! Frau Weimann, Hedi hat Ihren Jungen gesehen."

Die Angeredete sprang auf. „Hedi, wo ist mein Rudi?"

„Willste dir dein Kind wieder mitnehmen? Bleibt es nicht bei uns?"

„Nein – wo ist mein Kind?"

Gleichgültig wies die Kleine mit dem Fingerchen nach dem Waldweg. „Es steht unter einem Baum. – Wir wollten es nicht haben, und der Onkel Oberförster will es auch nicht."

„Wo finde ich Rudi?"

Frau Sandler hatte die letzten Worte vernommen. Eiligst kam sie hinzu, und erneut wurde Hedi ausgefragt.

Die Kleine lächelte verschmitzt. „Weißt du, Mutti, wir wollten nicht so viele sein, und weil schon wieder ein Kindchen hier war, habe ich es in den Wald gefahren."

„Ganz allein – in den Wald?"

„Es ist nicht allein – der ganz große Schutzengel steht neben ihm und paßt auf."

„Wo ist der Wagen?" fragte die Mutter streng.

Als Hedi abermals gleichgültig nach dem Wald wies, bekam sie von der Mutter einen Klaps auf die Hand.

„Du bist ein recht unnützes Mädchen, Hedi! Was fällt dir nur ein, den Wagen aus dem Garten zu schieben. Sofort kommst du mit und wirst uns führen."

Hedi ging schmollend voran. Kaum hatte man den kleinen Weg erreicht, da vernahmen die Näherkommenden das Geschrei des Knaben. Beide Frauen eilten weiter, Hedi blieb mit erschrecktem Gesicht stehen.

„Nu krieg ich die Haue", murmelte sie, „und wollte doch nur, daß der Vati eine Freude hat."

Sehr bald kehrten die beiden Frauen mit dem Wagen zurück. Frau Weimann schob das kleine Fahrzeug und sprach zärtlich auf den noch immer weinenden Knaben ein.

Wenige Minuten später war die Schuhmachersfrau fortgefahren. Frau Sandler rief nach Hedi.

„Hast du gesehen, wie sich die arme Mutti ängstigte, wie sie weinte? Und auch deine Mutti hat einen schweren Kopf vor Angst und Aufregung. Schämst du dich nicht, so etwas zu tun?"

Hedi schluckte an den aufsteigenden Tränen. Und als Frau Sandler mehrfach aufstöhnend die Hände an die Stirn legte, weil sie von der Aufregung heftige Kopfschmerzen bekommen hatte, tat es dem kleinen Mädchen sehr leid. Sie konnte die gute Mutter nicht leiden sehen.

„Mutti, sei wieder gut! Ich werde auch alle Kinderchen hier lassen, die du holst. Ich werde kein Kindchen mehr in den Wald fahren. – Mutti, sei wieder gut!"

„Laß nur Vati heimkommen, der wird dir die unartigen Streiche austreiben."

In der Küche saß Hedi mit sorgenvollem Gesicht bei Minna. „Die Mutti hat Kopfschmerzen. Ach, die arme Mutti! Nun ist sie krank, und Hedi wollte ihr doch eine Freude machen."

„Du mußt recht brav sein, Pucki, und nicht immer soviel dummes Zeug treiben."

„Wie der Pucki, bei dem alles schlimm ausgeht."

„Ja, ja, wie beim Pucki. Wenn du nicht artiger wirst, hat dich die Mutti nicht mehr lieb. Dann hat sie nur die kleine Waltraut lieb, von der sie nicht geärgert wird." –

Die Worte Minnas stimmten das kleine Mädchen recht nachdenklich. Hedi stand eine halbe Stunde später vor der Mutter, die sich mit dem kleinen Schwesterchen beschäftigte.

„Hast du die Waltraut lieber als mich?"

„Die Waltraut hat Mutti noch nicht geärgert."

Aufmerksam betrachtete Hedi die Kleine, die aus den Windeln gewickelt wurde. Lachend und strampelnd lag das kleine Wesen, ganz nackt, vor der Mutter.

„Du liebes, kleines Englein“, sagte Frau Sandler zärtlich zu ihrem jüngsten Kindchen.

„Is das ein Engelchen, Mutti?“

„Ja, das ist ein Engelchen.“

„So, wie ein Schutzengelchen?“

„Ja.“

„Mutti – – wenn der Schutzengel neben mir herläuft, ist er dann auch ganz nackt?“

„Den Schutzengel sieht man doch nicht.“

„Mutti – weil er sich schämt, nicht wahr – weil er nackend ist! Wenn ich mal ein Engel bin, Mutti, zieh ich mir aber was an! Ich möchte nicht nackend umherlaufen.“

„Du bist ein unartiges Mädchen, Hedi, und kein Englein.“

„Engel sind doch immer im Himmel? Waltraut will aber gar nicht in den Himmel.“

„Mutti ist froh, daß sie solch kleines Engelchen hat.“

Gegen Abend kam der Vater heim. Das war für Hedi keine gute Stunde. Die Mutter erzählte von dem schlimmen Streich und von den Sorgen, die die Tochter den beiden Frauen bereitet hatte. – Da holte der Vater die Rute, und Hedi erhielt eine gehörige Tracht Prügel. Am Abend gab es auch keinen Gutenachtkuß, und lange noch lag Pucki im Bettchen und überdachte den schlimmen Tag, der so viel Leid gebracht hatte.

„Ich möchte auch Muttis Engelchen sein“, weinte die Kleine leise.

Plötzlich kletterte es aus dem Bett und trippelte hinüber ins Wohnzimmer. In der Tür blieb Hedi stehen.

„Vati – Mutti – ich möchte so gerne euer Engelchen sein wie das kleine Schwesterchen. – Mutti, ach Mutti –“

Hedi kletterte der Mutter auf den Schoß, schlang beide Ärmchen um ihren Hals und flüsterte zärtlich und kosend:

„Mutti, laß mich wieder ein Engelchen sein – ich will auch immer brav sein."

Da konnte Frau Sandler nicht anders, als dem Kinde von ganzem Herzen vergeben.

„Du bist und bleibst unser Pucki", sagte der Vater.

Jahrmarktsfreuden

Pucki war seit Tagen in größter Aufregung. In Rahnsburg wurde am kommenden Dienstag der Jahrmarkt abgehalten, zu dem allerlei Buden errichtet wurden. Im vorigen Jahre waren die Eltern mit dem kleinen Mädchen nicht dort gewesen, weil Pucki in dieser Zeit an Masern krank zu Bett lag. Die drei Niepelschen Buben wußten von den Wundern dieses Tages so viel zu erzählen, daß es Pucki kaum noch aushalten konnte.

„Eine Bude mit Affen ist da, und würfeln kann man. Auch in einer Bude kann man schießen. Überall gibt es Pfefferkuchen und Bonbons, und auch noch ein Kasperletheater und tausend andere Buden."

So schwärmten Walter und Fritz.

„Mutti, darf ich auch auf den Jahrmarkt?"

„Wenn du artig bist – ja."

Pucki gab sich die größte Mühe, und es gelang auch. An jedem Morgen forschte die Kleine erneut, ob sie artig genug sei und wie lange es noch dauere, bis endlich Jahrmarkt wäre. Die Eltern hatten Mühe, die Ungeduld des Kindes zu zähmen.

Endlich war der ersehnte Dienstag herangekommen. Pucki war recht traurig, als sie hörte, daß sie erst am Nachmittag nach Rahnsburg zum Jahrmarkt dürfe. Onkel Niepel mit seinen drei Buben und Fräulein Irma wollten Pucki mitnehmen. Förster Sandler war dienstlich verhindert, und Frau Sandler wollte das Neugeborene nicht allein lassen. Der Gutsbesitzer versprach, auf die kleine Schar gut zu achten und Pucki am Abend wieder nach dem Forsthause zurückzubringen.

Als am Morgen die drei Buben auf dem Wagen an der Försterei vorüberfuhren, um die Schule zu besuchen, stand Pucki bereits am Zaun und wartete auf den Nachmittag. Als endlich die Knaben gegen zwölf Uhr wieder heimgefahren wurden, stand das kleine Mädchen wieder da.

„Geht's nun bald los? Habt ihr den Jahrmarkt gesehen?"

„Oh, der ist fein", rief Walter, „die ganze Straße steht voll Buden! Überall sind Leute drin, die feine Sachen haben. Und ein Karussell ist da. Wir essen ganz schnell Mittag, dann kommen wir mit dem großen Wagen."

„Nicht mit dem weißen Pferdchen?"

„Nein, mit Vaters Stute."

„O fein", jubelte Hedi und tanzte im Garten umher. „Mit Vaters Stute! Ich hab' die Stute auch gern. – Gibt's auch ganz große Pfefferkuchen auf dem Jahrmarkt?"

„Du – ein Kasperletheater ist auch da, aber das war noch zu. Der Paul wollte hinter den Vorhang gucken, da hat er was auf die Finger bekommen."

„Was macht das Kasperle?" fragte Pucki. Ihre Wangen glühten vor Erregung.

„Lauter dummes Zeug! – Na, du wirst lachen!"

Der Kutscher drängte zum Einsteigen, die Kinder mußten heim zum Mittagessen. Doch es gab noch so viel zu erzählen, daß er mehrfach mahnen mußte.

„Wenn ihr nicht gleich in den Wagen steigt, können wir am Nachmittag nicht rechtzeitig zum Jahrmarkt fahren."

Pucki schob die Jungen nacheinander an den Wagen und drängelte: „So steigt doch schnell ein, Jungs, damit wir bald auf den Jahrmarkt kommen."

Beim Mittagessen war das Kind so erregt, daß es schon nach wenigen Bissen den Löffel niederlegte und meinte, es sei nun satt.

„Pucki, du wirst erst aufessen! Fisch ist so gesund, er schmeckt so gut – –“

„Nein, Mutti, der Fisch hat heute so viel Gräten. Ich mag aber die Gräten nicht essen, Mutti, mein Bäuchlein will sie nicht!“

„Dann darfst du auch nicht auf den Jahrmarkt.“

Seufzend aß Pucki weiter. Heute schmeckte das Essen nicht, die Kleine dachte beständig an den Jahrmarkt, und als gar ein Wagen vorüberfuhr, sprang sie stürmisch vom Tisch auf.

„Onkel Niepel mit der braunen Stute ist da!“

Es war aber nicht Onkel Niepel mit der braunen Stute, denn der Wagen rollte vorüber.

„Kommt er denn noch nicht?“ seufzte Pucki und sah sorgenvoll durchs Fenster.

„Eines bitte ich mir aus“, mahnte der Vater ernsthaft, „du bist sehr artig und folgst Herrn Niepel und Fräulein Irma aufs Wort. Höre ich eine Klage, so tanzt die Rute auf unserem Pucki. Ich gebe dir zehn Pfennige, dafür darfst du dir etwas kaufen.“

„Was ich will, Vati?“

„Ja.“

„Dann kaufe ich mir Klotzpantinen!“

„Dummes Mädchen, Klotzpantinen brauchst du nicht. Außerdem kosten sie viel mehr.“

„Mutti, weil ich so furchtbar artig war in der letzten Zeit, schenkst du mir auch noch zehn Pfennige?“

„Nein, Pucki, du hast genug.“

Das kleine Mädchen half beim Abräumen des Tisches, was es sonst niemals tat. Minna lobte das Kind. Da sagte Hedi leise:

„Weil ich doch so gerne zum Jahrmarkt will, schenke mir zehn Pfennige.“

„Ich will erst den Vater fragen, ob ich das darf."

Pucki stieß einen Seufzer aus. „Frage mal nicht erst, er erlaubt es doch nicht. Wenn ich eine Mutti wäre, würde ich meinen Kindern noch zehn Pfennige schenken, weil es doch so ein schöner Jahrmarkt ist. Pucki möchte sehr gerne noch zehn Pfennige haben."

„Was willst du denn dafür kaufen?"

„Klotzpantinen!"

„Die wünsche dir lieber zum Geburtstag, Pucki. Aber ich glaube, jetzt höre ich den Wagen kommen."

„Onkel Niepel mit der Stute!"

Pucki stürmte aus der Küche, hinaus in den Vorgarten. – Richtig, es war der Niepelsche Wagen mit den drei Knaben, dem Kinderfräulein, und Onkel Niepel kutschierte selbst.

Hedi wollte ohne Hut und Mantel einsteigen, doch Förster Sandler rief das Kind zurück.

„Nicht wegfahren, Onkel Niepel, ich bin gleich wieder da!"

Auf die erneuten Ermahnungen der Eltern achtete Pucki nicht mehr. Sie war erst wieder ruhig, als sie neben den Knaben im Wagen saß.

„Ich habe soviel Geld", sagte sie wichtig und zeigte den Knaben ihre beiden Fünfpfennigstücke, die sie krampfhaft in der kleinen Hand hielt. „Ich kaufe mir Pfefferkuchen und 'ne Lutschstange und ein Ding zum Piepen und was zum Blasen."

„Und ich kaufe mir eine Radautrommel!"

„Und ich so'n Brülldings!"

Die Aufregung der Kinder wuchs von Minute zu Minute. Als die Stadt in Sicht kam, sagte Pucki aufgeregt: „Fahr doch 'n bißchen Galopp, Onkel Niepel, die Stute freut sich auch, wenn sie schnell zum Jahrmarkt kommt."

„Erst fahre ich mit meinen drei Jungens zum Friseur, damit euch die Haare abgeschnitten werden."

„Wir möchten doch auf den Jahrmarkt", meinte Paul.

„Dafür ist noch lange Zeit. Erst geht es zum Friseur. Fräulein Irma kann mit Pucki langsam vorangehen."

„Die hat's gut", heulte Walter, „ich will auch mit Fräulein Irma gehen, ich will mir die Haare nicht schneiden lassen."

„Es tut nicht weh", beruhigte Pucki, „ihr braucht euch nicht zu fürchten."

In der Stadt machte sich der Jahrmarktstrubel stark bemerkbar. Überall standen Buden, und Fräulein Irma hatte Mühe, die erregten Kleinen zu bändigen.

„Ich muß ausspannen, dann gehen wir zum Friseur, und dann dürft ihr zwei Stunden lang auf dem Jahrmarkt umherlaufen."

Alles Jammern der Knaben half nichts, die drei kamen zum Friseur, während Fräulein Irma mit Pucki nach dem Jahrmarkt ging. Man hatte einen Treffpunkt verabredet. Neidvoll blickten die Buben den Davongehenden nach.

Der Friseur hatte es nicht leicht. Paul war recht ungeduldig; er wollte selbst eine Schere haben und schneiden, damit es schneller ging. Der Gehilfe, der Walter vornahm, fragte freundlich:

„Soll ich dir die Haare so schneiden, wie ich sie habe?"

Walter schaute den gut frisierten rothaarigen Mann an, schüttelte dann den Kopf und sagte: „So glatt – ja – aber schneid eine andere Farbe."

Fritz zappelte am meisten. Der Vater mußte sein Söhnchen erst tüchtig anfahren, ehe es ruhig saß. Endlich war es so weit. Man stürmte lärmend hinaus aus dem Geschäft, hin zu den Buden.

Fräulein Irma und Pucki waren schnell gefunden. Pucki zerrte das Kinderfräulein unruhig weiter. Es gab ja so viel zu sehen. Vor einer Würfelbude wurde halt gemacht. Fritz wollte würfeln, weil es hier große Pfefferkuchen gab. – Auch Pucki überlegte. Aber zehn Pfennige kostete der Wurf, und wenn man nichts gewann, war das viele schöne Geld weg.

Paul hingegen wagte es und gewann tatsächlich einen großen Pfefferkuchen. So beschloß auch Pucki ein Gleiches zu tun.

„Wo hast du dein Geld, Kleine?"

Entsetzt blickte das Kind in die beiden leeren Händchen. Dann begann es bitterlich zu weinen, so daß Herr Niepel rasch ein Zehnpfennigstück aus der Westentasche nahm, um das Leid der Kleinen zu stillen. Doch Pucki weinte weiter.

„Du brauchst doch nicht mehr zu weinen, Kind, du hast doch neues Geld bekommen."

„Nun hätte ich zweimal Geld und könnte mir die schöne Puste kaufen und noch einen Pfefferkuchen."

Erst als Onkel Niepel versprach, die Puste zu kaufen, beruhigte sich Pucki, weinte jedoch erneut, als sie an der Würfelbude nichts gewann.

Während man von Bude zu Bude ging, traf Gutsbesitzer Niepel seinen Viehhändler Dostal. Er begrüßte die Kinder herzlich und versprach, jedem etwas zu kaufen.

Pucki, die den Viehhändler noch niemals gesehen hatte, betrachtete ihn mit prüfenden Blicken.

„Na, Kleine, warum siehst du mich denn so an?"

„Weil ich dich nicht kenne", sagte das Kind.

„Nun kommt, wir gehen zum Kasperletheater", sagte Fräulein Irma.

Auf dem Rummelplatz erregte zunächst das Karussell die Aufmerksamkeit der Kinder. Dostal ließ die Kleinen einige Male fahren. Pucki fühlte sich auf dem Rücken des Pferdes sehr stolz.

„Ich bin auf der braunen Stute geritten – das war aber fein!"

Weiter ging es zu einer anderen Bude, in der ein Mann einen Leierkasten drehte. Auf dem Leierkasten saß ein Affe, der seine behaarte Hand ausstreckte, um Münzen oder Leckerbissen einzusammeln.

Vor der Kasperlebude war eine große Kinderschar versammelt. Noch war der Vorhang herabgelassen, doch ertönte soeben eine kleine Glocke, zum Zeichen, daß die Vorstellung nun bald begänne.

In atemloser Spannung wartete alles. Puckis Hand umschloß fest die ihres kleinen Freundes Paul.

„Tut er uns was, der Kasperle?“

„Quatsch! Der macht nur Unsinn!“

Endlich ging der Vorhang auf. Kasperle zeigte sich und begann mit krähender Stimme zu sprechen:

„Bimmele, bammele, hopsassa
Kasperle ist wieder da!“

Pucki hatte noch niemals eine Kasperlevorstellung gesehen. Ihr Herzchen klopfte rascher, als Kasperle so närrische Sprünge ausführte.

„Er tut dir nichts“, beruhigte Fritz, „er ist fest im Kasten. Nachher kommt noch der Teufel und ein großes Tier, das will den Kasperle fressen. Du brauchst aber keine Angst zu haben. Ich passe gut auf dich auf.“

Kasperle erzählte den lauschenden Kindern von tollen Streichen, die er ausgeführt hatte. Die kleine Schar lachte herzlich, und auch Pucki stimmte in die Fröhlichkeit mit ein. – Dann kam Kasperles Großmutter. Sie jammerte über den ungeratenen Enkel. Sie rief ihn, und schon schoß Kasperle herbei.

„Na – Großmutter, was willst du von mir?“

„Ach, Kasperle“, zeterte die alte Frau mit der weißen Haube, „ich habe wieder viel Häßliches von dir gehört. Ich habe soeben einen Brief bekommen, in dem viel Schlimmes über dich geschrieben steht.“

„Ach, Großmutter, laß mich in Ruhe. – Wo hast du denn den Brief?“

Die alte Frau zog einen Bogen Papier hervor und entfaltete ihn. Kasperle sprang auf sie zu und wollte ihr die Brille von der Nase reißen, doch die Großmutter versetzte ihm einen kräftigen Klaps.

„Wenn du wieder unartig bist, Kasperle, sperre ich dich in den Hühnerstall!"

„Das kannst du machen, Großmutter, aber bilde dir nicht ein, daß ich Eier lege. Da bist du schief gewickelt!"

„Ach, Kasperle, du bist ein ungeratener Bursche. – Hier schreibt dein Onkel Itzebitz, du hast ihn gestern mit einer langen Wurst geschlagen."

„Aber, Großmutter, was ist denn dabei? Es war doch eine Schlagwurst!"

„Dummer Junge, Onkel Itzebitz schreibt weiter, du hast ihn neulich die Treppe hinab geworfen."

„Das ist nicht wahr, Großmutter, ich habe ihn nur eine Stufe hinuntergeworfen. Die anderen Stufen ist er von selber hinabgefallen."

Die Kinder, die den Worten Kasperles aufmerksam lauschten, lachten immer lauter, Pucki wußte sich vor Freude kaum zu lassen.

„Freut euch das, Kinderle?" rief Kasperle krähend. „Wenn ihr mal eine Wurst habt, so 'ne Schlagwurst, dürft ihr euch auch damit schlagen. Dazu wird die Wurst gemacht!"

Die Großmutter jammerte weiter.

„Ach, Kasper, was hast du verbrochen,
das wird fürchterlich gerochen.
In diesem Brief, auf dem Papier,
steht manche Untat noch von dir!"

„Hört mal, Kinderchen", sagte Kasperle ins Publikum, „es paßt mir nicht, daß die Großmutter meine Streiche vorliest. Ich will ihr das verderben."

Weg war er. Die gute Großmutter las inzwischen weiter und jammerte über den ungeratenen Enkel. Plötzlich erschien Kasperle wieder, hielt in beiden Händen einen Napf mit Marmelade, stellte sich hinter die

Großmutter, die mit vorgeneigtem Kopf den Brief las, und kleckerte dann mit einem Löffel die Marmelade auf das Briefblatt.

„Hu –", schrie die Großmutter, „was ist das? Woher kommt das?"

Klack – schon wieder ließ Kasperle die Marmelade auf den Briefbogen fallen.

Die Kinder jubelten in hellstem Entzücken.

„Großmutter, der Kasperle hat noch mehr Marmelade! – Großmutter, dreh dich mal um!"

„Ich muß erst fertig lesen", erwiderte die Großmutter und drückte das Gesicht so nahe an den Briefbogen, daß es über und über mit Marmelade beschmutzt wurde.

Kasperle lachte schallend und die Kinder ebenso.

„So werde ich das immer machen", sagte Kasperle. „Wenn die Großmutter einen Brief an den Onkel schreibt, beschmiere ich ihn auch mit Marmelade. – Findet ihr das nicht fein, liebe Kinder?"

„Ja – ja", erscholl es vielstimmig.

Nun wurde die Großmutter sehr böse. Sie verschwand einen Augenblick und kam mit einem dicken Stock zurück, um auf Kasperle einzuschlagen.

„Großmutter", rief der listige Bursche, „ich weiß was!"

„Was weißt du, du ungeratener Bengel?"

„Dort hinten sitzt einer, Großmutter, der hat eine Büchse. Großmutter, der sieht immerfort hierher."

„Eine Büchse hat er?" rief die Großmutter erregt. „Will er etwa nach mir schießen? Da laufe ich lieber davon!" – Weg war sie.

Kasperle schüttelte sich vor Lachen.

„Hi hi hi, liebe Kinderchen, der Mann dort hinten hat nur eine Konservenbüchse! Hi – hi – hi –, nun fürchtet sich die alte Frau und ist weg."

Doch plötzlich kam ein Tier gekrochen. Das machte das Maul so weit auf, daß Pucki angstvoll zu Onkel Niepel lief und sich an ihn klammerte.

„Onkel Niepel – frißt es mich?"

„Nein, nein, es will nur das unartige Kasperle fressen."

„Kasperle – Kasperle", rief Pucki in Angst, „lauf schnell weg, das böse Tier will dich fressen!"

Das große Tier machte Pucki gar keinen Spaß. Sie hatte Angst. Erst als Kasperle wieder aus dem Rachen des Ungeheuers gekrochen kam, beruhigte sich Pucki. Sie wollte hier nicht länger bleiben.

„Onkel Niepel, wir wollen nu zu der Pfefferkuchenbude gehen. – Läßt du mich noch mal würfeln? Ich möchte auch so 'nen großen Pfefferkuchen haben wie der Junge."

Die drei Knaben wollten jedoch beim Kasperletheater bleiben. So wurde Fräulein Irma beauftragt, auf die Knaben aufzupassen, während Niepel mit Pucki weiterging.

Über den Platz wurde soeben ein Esel geführt, auf dem die Kinder reiten durften.

„Nur zehn Pfennige das Reiten", rief ein aufgeputzter junger Bursche, der den Esel führte.

„Soll ich dich einmal reiten lassen, Pucki?"

„Schenk mir lieber die zehn Pfennige, Onkel, und dann laß mich auf dir reiten. Das ist ebenso schön."

Niepel lachte, hob die Kleine empor und setzte sie auf seine Schultern.

„Das ist fein, Onkel – nu reiten wir zur Würfelbude, und dann krieg' ich einen großen Pfefferkuchen."

Abermals durfte Pucki würfeln. Auch dieses Mal gewann sie nicht.

„Komm, wir würfeln noch einmal", sagte Onkel Niepel.

„Ich kriege doch keinen Pfefferkuchen", sagte Hedi.

Pucki drängte weiter. Es gab noch so vieles zu sehen. Da war eine Bude mit den Radautrommeln. Manches Kind hatte eine solche erworben und lärmte damit umher. Sehnsuchtsvoll schaute Pucki auf die herrlichen Instrumente.

„Onkel – –". Pucki wies entsetzt auf einen Händler, „guck, dort sind die Schießer!"

Die Kleine riß sich von der Hand Niepels los und lief davon. Sie hatte einen Mann gesehen, der kleine, bunte Gasballons zum Kaufe anbot. Diese Ballons, die sie einst von Getreidehändler Henschel bekommen hatte, bereiteten dem Kinde heute noch Entsetzen. Das waren die bunten Bälle, die mächtig geschossen hatten, als es sich darauf setzte und später durch den Wald rannte. Niepel hatte Mühe, die kleine Ausreißerin einzuholen.

„Sie schießen, Onkel – es knallt mächtig!"

„Komm zurück zur Bude. Ich kaufe dir eine Knarre."

„Ist der Schießer da?"

„Er tut dir nichts, mein Kind."

Trotzdem war die Kleine voller Unruhe. Und als der Mann mit den Ballons wieder sichtbar wurde, drückte sie sich ängstlich an den Gutsbesitzer.

Als er ihr eine Knarre kaufen wollte, erblickte Pucki einen Knaben, der eine Röhre im Munde hatte, an der ein kleines Schweinchen hing. Je länger der Knabe in die Röhre blies, um so größer wurde das Schwein.

Pucki starrte das Wunder an.

„Onkel Niepel", rief sie erregt, „der kleine Junge macht aus 'nem kleinen Schwein ein ganz großes Schwein, so ein großes, wie Vati hat!"

Abwartend stand das Kind neben dem Knaben, der das Schweinchen so weit aufpustete, bis es nicht mehr ging.

„Mach das Schwein noch größer", sagte Pucki bittend.

„Das geht nicht."

„Ach, Onkel Niepel, ich möchte auch so'n Schwein."

„Das sollst du haben."

Sehr bald hatte Pucki auch ein Schwein. Aus Leibeskräften blies sie in die Röhre, doch das Schwein wurde nicht größer. Im Gegenteil, sobald das Kind die Lippen von der Röhre nahm, schrumpfte es wieder zusammen.

„Onkel, es will nicht wachsen!"

„Es ist dick genug, sonst platzt es."

„Macht man Wurst aus ihm?"

„Nein, du Dummerchen, das Schwein ist innen leer."

„Kann man das nicht sehen?"

Das Spielzeug bereitete dem Kinde viel Vergnügen. Fritz sollte es durchaus sehen. So schritten die beiden zurück zum Kasperletheater. Die Vorstellung war gerade beendet. Niepel fand seine drei Jungen, die sofort den Vater bestürmten, er solle ihnen auch so ein Schwein kaufen.

Das geschah. Und nun bliesen die vier Kinder mit aller Lungenkraft darauf los. Pucki versuchte mit dem Fingerchen, ob das Schweinchen auch dick sei. – Da plötzlich gab es einen Knall, das Schweinchen zerplatzte.

„Es schießt!"

Pucki warf die Reste in weitem Bogen von sich und wollte wieder fortlaufen, wurde jedoch von Niepel festgehalten. Von nun an war die Freude am Jahrmarktsrummel stark beeinträchtigt. Das Kind wollte nicht einmal eine Mundharmonika haben, da es sich einbildete, daß auch sie schießen würde, wenn man sie an den Mund setze.

Die Knaben dagegen hatten Dutzende von Wünschen. Jeder wollte etwas anderes haben. Der Vater aber lehnte ab.

„Soviel Geld habe ich nicht. Ihr habt euer Vergnügen gehabt, seid nun zufrieden."

Da erscholl plötzlich lautes Geheul. Niepel blickte sich um. Das war doch sein Paul. Fräulein Irma eilte davon. Da stand der kleine Paul Niepel heulend neben seinem großen Pfefferkuchen, der auf der Straße lag. Über den Pfefferkuchen hinweg war ein Karrenwagen gegangen, er hatte ihn breit gefahren.

„Mein schöner Pfefferkuchen, nun ist er ganz dreckig! – Oh, mein schöner Pfefferkuchen!"

„Weine nicht, Junge, hier hast du zehn Pfennige, geh und kaufe dir einen anderen."

„Den hab' ich doch gewonnen – ich will wieder so 'nen Pfefferkuchen. Oh, mein schöner Pfefferkuchen!"

Ein Herr drückte dem weinenden Knaben ein Zehnpfennigstück in die Hand und sagte lachend:

„Würfle noch einmal, vielleicht gewinnst du wieder."

„Ich möchte auch Geld", sagte Pucki.

Im Weitergehen zupfte sie Paul am Rock.

„Guck mal, ich habe den Pfefferkuchen aufgehoben."

Der Pfefferkuchen schmeckte den beiden herrlich. Verstohlen wurde er gegessen.

Die zwanzig Pfennige, die Paul bekommen hatte, brachten keinen Segen. Zweimal würfelte er an der Bude – doch gewann er nicht.

„Ist alles Schwindel", sagte Pucki, „die Frau behält sich den guten Pfefferkuchen. Sie will ihn allein essen."

Als man endlich den Markt verlassen wollte, sah man eine alte Frau, die an der Straßenecke saß und einen Leierkasten drehte. Sie sah recht dürftig gekleidet aus. Fräulein Irma reichte Fritz und Pucki je ein Fünfpfennigstück und sagte:

„Die arme Frau soll auch eine Freude haben. Geht hin und gebt ihr jeder das Geldstück."

„Ja“, meinte Pucki, „dann kann sie auch zur Würfelbude gehen. Aber sie gewinnt doch nichts.“

„Da kriegt sie ja zweimal Geld“, meinte Fritz, „das ist zu viel.“

„Das muß sie haben. Wir wollen ihr das Geld gönnen.“

Ein Weilchen standen die Kinder vor der Frau und lauschten der kleinen Drehorgel. – Dann gab Fritz sein Geldstück hin. Im selben Augenblick kam noch eine Frau, die der Alten ebenfalls ein Geldstück reichte. – Da schlossen sich Puckis Händchen fest um die Münze.

„Jetzt hat sie aber genug, jetzt braucht sie nichts mehr.“

Pucki behielt das Geldstück. Fräulein Irma fragte, ob sich die Frau gefreut hätte.

„Sie hat genug“, meinte Pucki. „Der Fritz hat ihr was gegeben und eine andere Frau. Ich habe das Geld behalten.“

„Aber Pucki, das ist eine ganz arme Frau.“

„Sie hat doch Geld bekommen.“

„Morgen ist kein Jahrmarkt, morgen geben ihr die Leute nichts. Nun hat sie morgen nichts zu essen. Du solltest ihr dein Geldstück auch noch hintragen.“

„Dann gebe ich ihr lieber ein Stück Pfefferkuchen.“

„Ich hatte gedacht, du bist ein artiges Mädchen. Dir würde es auch nicht gefallen, wenn du etwas nicht bekommst, was für dich bestimmt ist.“

„Nein, das würde mir nicht gefallen.“

„Nun komm, wir wollen uns die arme Frau nochmals ansehen.“

Gemeinsam ging man zurück.

„Sieh einmal“, mahnte Fräulein Irma, „die arme Frau ist so verrunzelt, das kommt davon, weil sie nicht immer genug zu essen hat. Sie kann auch nichts mehr verdienen, kann nur noch am Wege sitzen und orgeln. Ich würde ihr doch die fünf Pfennige geben.“

Pucki betrachtete die Alte, dann ging sie zu ihr und reichte ihr das Geld.

„Hier hast du, weil du schon so alt bist."

Schließlich mahnte Onkel Niepel, es sei Zeit zum Heimfahren. Die Kinder wollten zwar nochmals zum Esel und zum Kasperle, doch mußten sie sich dem Wunsche des Vaters fügen.

„Ich finde", sagte Pucki, als man vor dem Wagen stand, „daß wir heute sehr artige Kinder waren. Eigentlich müßtest du uns noch was kaufen, Onkel Niepel."

„Ihr habt genug, seid zufrieden."

Auf der Heimfahrt wurde viel Lärm gemacht. Pucki drehte ununterbrochen die Knarre, Paul blies die Mundharmonika, Walter und Fritz hatten kleine Trompeten. Fräulein Irma hielt sich mehrmals die Ohren zu, weil sie den Krach kaum ertragen konnte. Doch gerade das belustigte die Kinder. Alle vier fuchtelten vor ihrem Gesicht herum und lachten, wenn sie das Gesicht verzog.

Beim Aussteigen aus dem Wagen blieb Pucki dabei: „Wir waren heute furchtbar artige Kinder. Vati und Mutti können sich freuen über so'n artiges Kindchen!"

Hochzeitsfeier und Lehmgrube

„Wenn du heute zu meiner Mutter kommst, mußt du dich aber sehr fein machen, weil meine Mutter Geburtstag hat und weil wir auch fein angezogen werden, Pucki. Es kommen viele Leute, dann gibt es Torte mit Schlagsahne."

„Ich mache mich ganz fein." Das Kind freute sich auf den Nachmittag, auf den Geburtstag der guten Tante Niepel, auf die Torte und das lustige Spielen in Hof und Garten.

Frau Förster Sandler erlaubte es gern, daß Pucki am heutigen Nachmittag nach dem Gut fuhr, um mit den drei Niepelschen Kindern einen fröhlichen Nachmittag zu verbringen. Wenn auch Frau Niepel

Gäste hatte, so würde Fräulein Irma, das Kinderfräulein, bei den Kleinen sein und sie beaufsichtigen.

Pucki, die sonst wenig Wert auf ihre Kleidung legte, war heute damit einverstanden, daß man ihr das weiße Kleidchen mit der blauen Schärpe anzog.

„Mutti, müssen mir nicht auch die Haare abgeschnitten werden, wie neulich den drei Jungen, ehe sie zum Jahrmarkt gingen? Onkel Niepel hat doch gesagt, die Jungen wären nicht hübsch, wenn sie solche Zottelhaare hätten."

„Laß nur, Pucki, deine Haare sind in Ordnung."

„Ich soll mich hübsch machen, hat der Fritz gesagt, weil es Torte und Schlagsahne gibt."

Frau Sandler eilte nach der Küche, denn es gab dort zu tun. Pucki trat vor den Spiegel und betrachtete sich aufmerksam. Bald würde der Wagen mit dem lieben weißen Pferdchen kommen. Ob sie wohl dem Fritz gefiel? Um das Gesicht hingen die blonden Löckchen, krochen über die Ohren und zottelten um das Gesicht. Dem lieben Onkel Niepel würde das nicht gefallen, er würde auch zu ihr sagen: Erst zum Friseur. Kinder müssen ordentlich um den Kopf aussehen."

Pucki zog mit den Fingern die Löckchen bis zur Nase herab.

„O pfui", sagte sie, „da steht er, der garstige Struwwelpeter! Ich will kein Struwwelpeter sein! –"

Das Kind wußte, drüben im Wohnzimmer am Fenster stand Mutters Nähtisch. In dem obersten Schub lag die blitzende Schere, mit der die Mutti immer das neue Zeug kaputt schnitt.

„Die Zotteln, die mir ins Gesicht hängen, schneide ich ab, dann ist Onkel Niepel zufrieden."

Pucki nahm die Schere. Es war ihr zwar verboten worden, aber die Mutti hatte gerade keine Zeit, sie würde sich gewiß freuen, wenn die Zotteln weg waren.

Schnipp – schnapp – die Stirnlöckchen fielen zur Erde. Pucki lachte fröhlich auf. „Nu sind sie weg, die Zotteln – nu sehe ich vorne aus wie der Fritz."

Noch einmal fuhr das Kind mit der Schere in den Haaren herum, schnippte zu und schnitt die vorderen Locken mit kräftigem Schnitt ab.

„Mutti – Mutti –", jubelte die Kleine und lief, die Schere in der Hand, hinaus in die Küche. „Guck mal, nu bin ich vorne wie die Jungen! Gucke nur!" Pucki strahlte vor Freude.

Als das Kind mit lachenden Augen so vor der Mutter stand, konnte Frau Sandler über diesen neuen Streich nicht böse sein. Dann aber sah sie, daß Pucki sich die blonden Locken über der Stirn kurz weggeschnitten hatte.

„Pucki, was hast du getan!" rief sie.

„Ich habe mich frisiert!"

„Was fällt dir nur ein! Habe ich dir nicht streng verboten, die Schere zu nehmen?"

Die Kleine streckte beide Arme zärtlich nach der Mutter aus. „Weil Onkel Niepel immer so gut ist, wollte Pucki ihm eine Freude machen. – Mutti, gefalle ich dir nicht?"

Was war nun zu tun? Geradezu abscheulich sah das Kind aus. Es würde nichts anderes übrigbleiben, als auch die anderen Ringlein abzuschneiden.

„Eigentlich dürfte ich dich heute nicht zu Tante Niepel lassen. Dich gehen deine Haare gar nichts an, darum hast du dich nicht zu kümmern, du ungezogenes kleines Mädchen!"

„Aber Mutti, das sind doch meine Haare. Meine Hände muß ich auch immerzu waschen. – Na, dann wasch' ich mich in Zukunft nicht mehr."

„Pucki, wenn du ungezogen bist, telephoniere ich sofort an Tante Niepel, daß sie den Wagen nicht erst schickt."

„Mutti, Mutti“, jubelte die Kleine, „es rollt draußen! Ätsch, Mutti, das weiße Pferdchen ist schon da!“

Die Kleine stürmte davon. – Richtig, vor dem Forsthaus stand der Wagen mit dem weißen Pferd. Der alte Kutscher nickte dem Kinde freundlich zu.

„Heb mich schnell 'rein und fahr ganz fix ab.“

„Warum denn heute so schnell, kleines Ding?“

„Weil sie nicht will, daß ich hinkomme. – Bitte, heb' mich in den Wagen.“

„Da will ich zuerst mal hören, was los ist“, meinte der alte treue Kutscher lachend.

Schon trat Frau Sandler aus der Haustür. Pucki sah sorgenvoll auf die Mutter, hielt beide Händchen über den Kopf und sagte zärtlich:

„Mutti, wenn ich so mache, sieht man es nicht. – Nu können wir fahren!“

„Gut, Pucki, so wirst du mit dem abgeschnittenen Haar fahren. Mögen sie dich bei Niepels auslachen. Dort wird man dir sagen, wie unartig du warst.“

„Mutti, sie lachen nicht, sie freuen sich.“

„Wolltest du Tante Niepel nicht aus dem Garten ein paar Blumen mitnehmen? Du weißt, sie hat heute Geburtstag.“

„Darf ich die Blumen abpflücken?“

„Das darfst du, ich werde mitkommen und dir sagen, was du nehmen kannst.“

Es wurde ein schöner Strauß Tulpen für Frau Niepel abgeschnitten. Dann bestieg Pucki den Wagen, nachdem sie das Pferdchen geliebkost hatte. Jubelnd ging es dem Niepelschen Gutshause entgegen.

„Fahre ein bißchen fix, sonst essen mir die Jungen alle Torte und Schlagsahne weg, und ich freue mich doch so darauf.“

„Es gibt nicht eher etwas, als bis du da bist.“

Pucki hüpfte vergnügt auf dem Sitz hin und her. „Ich eß ganz doll, bis ich nicht mehr kann."

Die drei Knaben empfingen Pucki mit lautem Geschrei. Paul, der noch nicht ganz sicher auf den Füßen war, doch immerhin schon wieder leidlich laufen konnte, blies mehrfach auf der Trompete, zum Zeichen, daß Pucki eingetroffen war.

„Die dummen großen Leute sind noch nicht da, doch wir bekommen schon vorher zu essen."

Pucki sprang mit den Knaben davon.

„He – holla, Hedi", rief der Kutscher.

„Was willste denn schon wieder?"

„Im Wagen liegen die Tulpen, was soll damit geschehen?"

„Ach so, die habe ich vergessen."

„Was hast du denn mit den Haaren gemacht?" forschte Walter, „du stehst ja so ulkig aus?"

„Schön bist du nicht", meinte Paul.

Pucki war recht enttäuscht. Und als Fritz sogar über die abgeschnittenen Haare laut lachte, verzog sie das Gesicht.

Nun ging es zuerst zu Tante Niepel, um ihr zu gratulieren und ihr die Tulpen zu überreichen. Auch Frau Niepel war über das Aussehen des Kindes entsetzt.

„Aber Pucki, so etwas darfst du doch nicht machen!"

„Ich wollte doch dem Onkel Niepel gefallen."

Aber dem Onkel gefiel sie auch nicht. Er lachte schallend, als er den halb abgeschorenen Kopf sah.

„Na, setze dir nur den Hut auf, dann sieht man es nicht", scherzte er.

Pucki war sehr niedergeschlagen, griff im Flur nach einer der Kindermützen und zog sie über die Ohren. Zwar wurde sie anfangs von den Knaben kräftig ausgelacht, als es dann aber zum Essen ging, als wirklich eine schöne Torte und Schlagsahne vorgesetzt wurde, waren Puckis Haare vergessen.

Es schmeckte den Kindern herrlich.

„Aber Hedi“, mahnte das Kinderfräulein, „du wirst ja krank, wenn du so viel ißt. Dein Bäuchlein muß doch schon ganz voll sein.“

„Ich hab' mir heute 'nen zweiten Bauch mitgebracht, in den kann ich noch viel stopfen.“

Endlich ging es wirklich nicht mehr.

„Jetzt sitzt es bis hier ganz oben“, meint das Kind und zeigte nach dem Hals. „Schade, es ist noch so viel da.“

„Ich denke, wir gehen nun hinaus in den Garten und spielen zusammen.“

„Aber dich brauchen wir nicht“, meinte Paul. „Ohne dich, Fräulein Irma, spielt es sich viel schöner.“

„Ich wollte so gerne mitmachen.“

„Na, dann laßt sie nur“, sagte Pucki, „wir spielen jetzt Jahrmarkt. Ich bin der Affe, du der Mann mit dem Leierkasten und du – Fräulein, du bist die Frau, die mir immerzu den Zucker reicht.“

„Ich will der Affe sein“, rief Walter.

„Zucker bekommst du doch nicht“, ereiferte sich Paul.

„Ich bin der Affe“, beharrte Pucki energisch, setzte sich auf einen Gartenstuhl und streckte die Hand aus.

„Ich weiß etwas besseres“, sagte das Kinderfräulein. „Wir wollen ein Kreisspiel machen oder Verstecken spielen.“

„Nein, wir wollen Hochzeit spielen“, meinte Hedi, „wie auf dem Bild zu Hause, das ich gesehen habe. Die Frau mit 'nem weißen Kleid und 'nem Schleier und der Mann mit einem Hut.“

„Ach ja, wir wollen Hochzeit spielen“, jubelten die drei.

„Ich muß aber einen Schleier haben", meinte Hedi.

Erst überlegten die Kinder, dann rief Paul, indem er davoneilte: „Ich hole einen!"

Vor zwei Tagen war bei Niepels Wäsche gewesen, Paul hatte gesehen, daß die Gardinen geplättet wurden. Das war ein feiner Schleier. Oben in der Kammer lag ein großer Stoß solcher durchsichtigen Dinger. Davon konnte er einen holen.

In der Kammer zerrte er aus dem Stoß eine Gardine heraus. Sie war viel zu lang als Schleier. Er nahm eine zweite, eine dritte, warf sie achtlos auf den Fußboden und fand schließlich eine Scheibengardine, die sich vorzüglich eignete. Strahlend kehrte er damit zurück.

Das Kinderfräulein betrachtete die Gardine forschend.

„Wer hat dir das gegeben?"

„Es ist alles in Ordnung, du brauchst nicht immerzu dazwischen zu reden, Fräulein Irma."

Die Gardine wurde Pucki über das Gesicht gehängt.

„Jetzt heirate ich", sagte sie. „Komm, Fritz!"

„Zum Heiraten gehören zwei", lachte das Kinderfräulein, „erst muß –".

„Na, dann heirate ich dich auch noch, Walter, dann sind es zwei."

„Ich will auch geheiratet werden", schrie Paul.

„Nein, dich heirate ich nicht."

„Ich will aber geheiratet werden", grollte der Knabe und riß Pucki den Schleier vom Kopf.

„Gehste weg!" Walter versetzte dem Bruder einen kräftigen Puff.

„Du hast mich nicht zu puffen. Ich bin beinahe ein armer Hinkeldei, und der Vater hat euch gesagt, ihr sollt mich schonen."

„Und die Mutter hat gesagt, ich bin der Schwächste von euch", rief Fritz.

„Was bin ich denn?“ heulte Walter los. „Ich bin gar nichts! Ich will dich aber heiraten!“

„Seid doch vernünftig, Kinder“, mahnte Fräulein Irma.

„Ich heirate den Fritz“, sagte Pucki, „weil er so schwach ist, und du, Walter, bist unser Kindchen und der Paul ist der Großvater.“

„Ich will kein Kindchen sein, ich will heiraten“, rief Walter und stampfte mit dem Fuß auf.

Paul, der noch immer den Schleier in der Hand hielt, hing ihn sich selber über und wollte damit davongehen; er wurde von Pucki eingeholt, die ihm den Brautstaat aus der Hand zerren wollte. Ehe es das Kinderfräulein verhindern konnte, war die Gardine mittendurch gerissen.

„Schämt ihr euch nicht, bei der Hochzeit so unartig zu sein?“

„Wir schämen uns gar nicht“, sagte Pucki mit blitzenden Augen, „wir heiraten. – Nu komm, Kleiner.“

Sie schob ihren Arm durch den Fritzens und stolzierte mit ihm den Kiesweg entlang.

„Nu machst du bim-bam-bim, und ich singe ein Lied.“

Während sich Paul und Walter prügelten, schritt das Brautpaar durch den Garten. Pucki sang:

„Ihr Kinderlein kommet, o kommet doch all!“

Fritz schwenkte die Hand wie eine Glocke und sagte unentwegt mit dumpfem Tonfall: „Bim-bam – bim-bam.“

Das Kinderfräulein mußte schließlich die beiden Kampfhähne trennen. Die Knaben hatten Tränen in den Augen, denn jeder hatte kräftig zugeschlagen.

„Geht lieber zum Brautpaar und bringt ihm Blumen, wie man das bei einer Hochzeit macht.“

„Ich bringe ihr nichts“, meinte Walter, „sie hat mich nicht geheiratet. Ich soll nur ihr Kindchen sein, und ich will nicht Kindchen sein.“

Pauls Gesicht hellte sich ganz plötzlich auf. „Au – fein, ich bin der Großpapa, der hat mich mal mit 'nem Stock geschlagen. – Jetzt kriegt sie Prügel!"

Abermals lief er ins Haus und kehrte mit des Vaters Spazierstock zurück.

„Ich bin der Großpapa – na warte!"

„Paul, was soll das?"

Der stürmte, so schnell er mit seinem Bein laufen konnte, dem Brautpaar nach. Fräulein Irma eilte neben ihm her und wollte ihm den Stock entwinden. Dabei kam es zu einer erregten Szene.

„Immer mußt du uns unser Vergnügen kaputt machen. – Wenn wir doch so schön spielen!"

Der Stock war Paul fortgenommen. Als Paul aber das Brautpaar erreicht hatte, versetzte er Braut und Bräutigam heftige Schläge.

„Was fällt dir ein!"

„Ich bin der Großpapa, der darf hauen!"

Wieder mußte Fräulein Irma die Erregten trennen. Paul griff rasch etwas Erde auf und bewarf Pucki damit, so daß das Kind über und über beschmutzt war.

„Komm mit", sagte das Kinderfräulein, „ich werde dich in meinem Zimmer säubern. Doch dann werdet ihr vernünftig spielen, sonst sage ich es dem Vater, und dann gibt es nachher keine Obstspeise."

Fritz folgte seiner Braut. Die beiden Kinder gingen in Fräulein Irmas Zimmer. Dort wurde Pucki gesäubert. Als Fräulein Irma gerade das Gesicht des Kindes abtrocknete, ertönte im Flur lautes Schreien. Rasch eilte sie hinaus, um die beiden Knaben, die sich erneut in die Haare gefahren waren, zu beruhigen. Wie unangenehm, denn im Wohnzimmer waren bereits die Geburtstagsgäste versammelt.

So blieben Pucki und Fritz im Zimmer des Kinderfräuleins allein zurück. Das kleine Mädchen betrachtete interessiert alle die Fläschchen, die umherstanden. In diesem Augenblick schlug die Kuckucksuhr fünfmal.

Hedi, die wohl den Kuckuck im Walde kannte, aber nichts von einer Kuckucksuhr wußte, starrte staunend zu der kleinen Uhr empor.

„Ein Kuckuck – ein Kuckuck ist in dem kleinen Loch drin!"

„Das ist doch 'ne Kuckucksuhr!"

„Da hat sie 'nen Kuckuck eingesperrt?"

„Der schreit nur, der ist aus Holz."

„Holz kann nicht schreien."

Auf der Treppe ging es recht lebhaft zu. Fritz war neugierig und lief aus dem Zimmer, um nachzusehen, was es gäbe. Hedi jedoch stand noch immer wie angewurzelt vor der Uhr, in die der Kuckuck zurückgekrochen war.

„Armer, kleiner Kuckuck muß in dem kleinen Loch sein."

Einmal hatte der Vater ein Vöglein heimgebracht, ein Waldvöglein, das so durchnäßt war, daß es nicht mehr fliegen konnte. Pucki wollte das Tierchen in den Bauer setzen, um es zu behalten. Sie wußte genau, daß es der Vater nicht duldete, er meinte, die Vöglein, die draußen im Walde wohnten, könnten in der Gefangenschaft nicht leben, man dürfe sie nicht behalten.

„Hat sie dich hier eingesperrt, kleiner, lieber Kuckuck – komm, ich laß dich 'raus!"

Hedi stieg auf einen Stuhl. Trotzdem konnte sie die Uhr nicht erreichen. Da schob sie das kleine Tischchen, das am Fenster stand, heran. Nun ging es.

„Komm, kleiner Kuckuck, komm – komm!"

Aber der Kuckuck kam nicht. Hedi drückte mit den Fingerchen hier und dort und öffnete schließlich das kleine Türchen, um abermals zu locken.

„Komm – Kuckuck – komm – komm!“

Als er wieder nicht kam, schob sie behutsam ein Fingerchen ins Loch, begann zu ziehen und zu reißen und bums – lag die kleine Kuckucksuhr am Boden. Die geschnitzten Verzierungen waren abgebrochen, auch ein Brettchen war losgegangen – doch vom eingesperrten Kuckuck war nichts zu sehen.

„Wo bist du denn, kleiner Kuckuck?“

Schließlich entdeckte das Kind den kleinen hölzernen Kuckuck, den es durchaus herausziehen wollte.

„Das ist doch kein Kuckuck, wie der Kuckuck im Walde! Olles dummes Ding!“

Der aus der Uhr gerissene Kuckuck wurde ins Zimmer geworfen, dann verließ Hedi zufrieden das Zimmer. Sie war glücklich darüber, daß kein richtiger Kuckuck in dem kleinen Kasten eingesperrt worden war.

Unten im Flur standen Paul und Walter mit finsteren Gesichtern. Fritz blieb etwas abseits und lauschte den beruhigenden Worten Fräulein Irmas. Als Hedi hinzukam, mahnte das Kinderfräulein erneut zum gemütlichen Spiel. Nur unwillig folgten ihr die Kinder hinaus in den Garten.

„Wir wollen jetzt recht artig sein; wir verstecken uns, und Hedi mag uns suchen. Dort der Baum ist der Anschlag.“

Das Versteckspiel begann, doch nicht lange, so war die Lust dazu vorüber. Walter war der erste, der erklärte, es sei nun genug.

„Nein“, mahnte Fräulein Irma, „wir spielen weiter.“

„Dann sollst du uns suchen“, rief Paul mit listigem Augenzwinkern.

„Gut“, sagte Fräulein Irma, „ich stelle mich an den Baum, halte mir die Augen zu, und wenn ich kommen kann, ruft ihr.“

Paul machte den Brüdern und Pucki ein Zeichen. Gemeinsam liefen die Kinder davon. Hinter einem Fliederbusch flüsterte er:

„Wir rufen sie nicht, wir rücken aus, wir spielen allein!“

„Sie wird uns aber im Garten finden.“

„Dann laufen wir aus dem Garten. – Au, ich weiß was! Ein Stückchen von hier ist die große Lehmgrube! – Dort ist es fein, dort glitscht man von oben bis unten 'runter.“

„Fein, fein, wir gehen zur Lehmgrube!“

Die vier schlichen aus dem Garten, überquerten die Straße und wanderten gemeinsam nach der Lehmgrube, die etwa eine Viertelstunde entfernt lag. Da es in den letzten Tagen stark geregnet hatte, sank man beim Betreten beträchtlich ein, doch gerade das machte den Kindern die größte Freude.

„Uff –“ lachte Pucki, „die Grube hat meinen Schuh festgehalten! Guck mal, wie er klemmt!“

Sie stand mit dem weißen Strumpf im Lehm, neben dem Schuh. „Sieh mal mein Bein, das rutscht ganz tief in den Kleister!“ Pucki beugte sich nieder und zog den Schuh heraus. „Schön sieht er nicht aus.“

„Wir wollen dort hinauf auf den Berg! – Au, das geht aber schwer“, sagte Walter, „wenn es so glatt ist wie heute, rutscht man immer wieder 'runter.“

Schon nach wenigen Minuten waren die Kinder derartig beschmutzt, daß sie von selber sorgenvoll dreinblickten.

„Wollen wir nach Hause gehen?“ fragte Fritz, „bei mir ist alles dreckig.“

„Es klebt“, rief Walter, „sieh mal meine Hände!“

„Wisch sie ab“, rief Paul.

Walter wischte sie an den schönen blauen Anzug.

„Kommt schnell fort“, sagte Pucki und nahm Fritz an der Hand, „wir haben genug.“

Auf dem Rückweg wurden die vier sehr still. Eines sah das andere kummervoll an; die Kleider waren verschmutzt, und an den Füßen hingen dicke Lehmklumpen.

„Ich gehe barfuß", flüsterte Pucki, „sonst schimpft Fräulein Irma."

Vor dem Niepelschen Garten wurden Schuhe und Strümpfe ausgezogen und zum Trocknen ins Gras gelegt Die Kleinen hörten das Rufen des Kinderfräuleins.

„Still, still", rief Paul, „sie darf uns nicht sehen, sonst macht sie Krach."

Aber Fräulein Irma sah sie doch und war starr vor Entsetzen. Die guten blauen Sonntagsanzüge verschmutzt, Puckis weißes Kleidchen an vielen Stellen mit einer Lehmkruste überzogen.

Nun gab es harte Worte zu hören.

Nur Fritz, der kleinste und zierlichste der Drillinge, wagte eine Entgegnung.

„Wir wollten doch so schön spielen!"

„Sofort kommt ihr ins Haus! Ich ziehe euch die Spielkittel an, und wenn ihr von der Mutter gerufen werdet, um den Gästen guten Tag zu sagen, müßt ihr in den schlechten Kleidern kommen."

„Und was ziehste mir an?" fragte Pucki vertrauensvoll.

„Kommt mit", sagte das junge Mädchen verärgert.

Pucki bekam ein buntes Tuch, das ihr kunstvoll umgesteckt wurde. Dann streifte man ihr Strümpfe von Fritz über. Über die viel zu großen Schuhe lachte die Kleine belustigt.

„Ihr wolltet heute besonders artig sein, nun macht ihr den Eltern solchen Kummer. Was werden nur deine Eltern denken, wenn du so heimkommst, Pucki?"

„Die wissen, daß ich ein Pucki bin! Immer wenn ich artig sein möchte, kommt etwas dazwischen, und dann geht es schlimm aus. Ich bin doch eben ein Pucki."

Durch die strenge Miene des Fräuleins waren die Kinder doch eingeschüchtert, so daß sie in der nächsten halben Stunde artig am Tisch saßen und spielten. Plötzlich legte Pucki die Hände auf das Bäuchlein und sagte:

„Kommt man auch in den Himmel, wenn man hungrig ist?"

„Hast du schon wieder Hunger?"

„Na, wenn wir doch soviel herumgerannt sind! Ich könnte wieder Speise essen."

„Damit mußt du noch warten."

„Im Garten hängen lauter kleine Beeren an den Sträuchern. Wenn man da mal ein bißchen naschen könnte – –"

„Unreife Beeren dürft ihr nicht essen, dann werdet ihr krank."

Pucki seufzte. „Kleine Kinder haben es schlimm – kleine Kinder dürfen gar nichts machen – und große dürfen alles machen. – Ich möchte bald groß sein."

Schließlich rief Frau Niepel nach ihren Kindern. Sie sollten herüberkommen, um den Gästen guten Tag zu sagen.

Pucki war sogleich bereit, sie kam sich in dem bunten Tuch sehr schön vor. Doch die drei Knaben machten verlegene Gesichter.

„Ich geh' nicht 'rein", meinte Paul, „ich habe hinten einen großen Flicken drauf."

„Und ich kann durch die Tasche fassen", sagte Walter. „Unten fällt alles 'raus, was ich oben 'reinstecke."

„Geht nur", mahnte Fräulein Irma, „die Mutter hat gerufen."

Pucki war die erste, die ins Zimmer lief. Die drei Knaben blieben hinter der Tür stehen.

„Ihr seid wohl gerade beim Spielen", lächelte Frau Niepel, als sie das aufgeputzte Mädchen sah.

„Ja, Tante Niepel, wir haben schön gespielt. Wir haben uns bei der Hochzeit mächtig gehauen, und dann waren wir bei der großen Lehmgrube."

„Wo wart ihr?" fragte der Oberförster, der auch gekommen war, um Frau Niepel zu gratulieren.

Frau Niepel hatte ihre drei Buben hinter der Tür bemerkt und holte sie ins Zimmer.

„Warum habt ihr euch umgezogen?"

„Mutter – – wir haben heute wieder Dummheiten gemacht."

„Was ist denn geschehen?" fragte Frau Niepel sorgenvoll.

„Es wird schon alles wieder gut werden", flüsterte Fritz, „wir werden alle wieder trocken, und die Beine sind schon gewaschen."

Unter einem Vorwand verschwand Frau Niepel und holte sich wegen der rätselhaften Worte der Kleinen Auskunft bei Fräulein Irma. Es war einfach unglaublich! Sie war schon manches von ihren dreien gewöhnt, so daß sie auch diesmal sich die Geburtstagsstimmung nicht verderben lassen wollte. Mochte der Vater am Abend seinen drei Söhnen klarmachen, daß man nach Regenwetter nicht in die Lehmgrube gehen durfte.

Fräulein Irma stand indessen in ihrem Zimmer und betrachtete die zerbrochene Kuckucksuhr. Sie war recht ärgerlich. Und noch viel ärgerlicher war sie, als sie in der Wäschekammer die durchwühlten Gardinen sah, die Paul achtlos auf den Boden geworfen hatte.

Pucki dagegen war wieder in bester Laune. Sie sprach der Speise tapfer zu, und als der Abend kam, als Frau Niepel mahnte, nun heimzufahren, sagte die Kleine bedauernd:

„Ich wäre gerne noch so'n bißchen hiergeblieben. Ich hab' in der Kammer schöne Brötchen mit dicker Wurst gesehen. Die hätte ich gerne essen mögen, weil – ich doch heute so artig war."

„Artig nennst du das?" sagte Fräulein Irma streng und wies auf das unsaubere Kleid. Es war unmöglich, Pucki in diesem Auszug nach Hause zu schicken.

„Pucki war sehr artig!" – –

Die Eltern waren jedoch nicht derselben Meinung, als sie am Abend hörten, wie alles gekommen war.

„Schimpf mal nicht", sagte Pucki und legte zärtlich beide Ärmchen um den Hals des Vaters.

Die Niepelschen Jungen dagegen bekamen noch am Abend eine gehörige Tracht Prügel und wurden ohne Abendessen zu Bett gebracht.

Bitteres Leid

„Was machst du da, Pucki? Warum nimmst du die Wurst vom Brot? – Aber Pucki, man steckt doch die fettige Wurst nicht in die Tasche. – Was soll das?"

Förster Sandler drohte dem Töchterchen, mit dem er beim Abendessen saß, mit dem Finger.

„Für Männe!"

„Du willst Männe die Wurst geben?"

„Ja, Vati – weil Männe krank ist und weil Männe so gerne Wurst frißt. – Er wird sich freuen."

„Unserem Männe tut Wurst im Augenblick nicht gut, Pucki."

„Er hat sie gestern aber gleich gefressen, sie hat ihm sehr gut geschmeckt. Ach, Vati, ich will auch gar keine Wurst haben, nur der kleine Männe soll gesund werden."

„Und die Mutti?“

„Ja, die Mutti soll auch gesund werden.“

Frau Sandler lag seit wenigen Tagen zu Bett. Sie hatte sich bei der Wäsche erkältet. Der Arzt war gekommen, da sich Fieber einstellte.

„Ich glaube, die Mutti ist nicht so krank wie der Männe. Die Mutti lacht noch, aber der liebe Männe liegt ganz still, er wackelt nicht mal mit dem Schwänzchen.“

Der kranke Dackel bereitete dem Kind große Sorgen. Das Tierchen war alt, und Förster Sandler trug sich schon seit längerer Zeit mit dem Gedanken, dem treuen Tier durch einen wohlgezielten Schuß ein rasches Ende zu bereiten. Noch wollte er freilich abwarten, ob sich das Befinden des Tieres bessern würde. Sandler wußte genau, daß das Ende des Hundes seiner Tochter einen großen Schmerz bereiten würde.

„Unser Männe ist so elend“, sagte der Förster, „und so krank, daß er wahrscheinlich sterben muß.“

„Wenn er stirbt, ist er ganz weg, Vati? Kommt er nie wieder?“

„Nein, mein Kind.“

„Dann soll er nicht sterben, er soll bei mir bleiben.“

An diesem Vormittag belauschte das kleine Mädchen ein Gespräch der Eltern, das ihm das Herz fast zum Stillstehen brachte.

„Es wird das beste sein, wenn ich Männe totschieße. Er ist gar zu elend.“

„Er soll sich nicht quälen“, sagte die kranke Förstersfrau. „Es ist eine Wohltat für das Tier, wenn du ihn von den Schmerzen schnell erlöst.“

Als Sandler das Krankenzimmer verließ, stürzte Pucki auf den Vater zu und umklammerte ihn angstvoll.

„Nicht totschießen“, rief sie unter hervorbrechenden Tränen. „Du sollst meinen guten Männe nicht totschießen, weil er so elend ist. Ich werde Männe pflegen, ich werde ihm immer meinen Zucker geben. Ich will ihn in mein Bettchen nehmen und immerzu streicheln. Dann lassen wir den

Onkel Doktor kommen, der zur Mutti kommt, der muß ihm auch 'ne Medizin geben wie der Mutti. Ach, Vati, Vati – –“

Pucki konnte vor Weinen nicht weiterreden.

Der Förster war sehr bestürzt, daß sein Töchterchen die Unterhaltung mit angehört hatte. Gar gern würde er dem Kind den Kummer ersparen. Als er zu Männe trat, um den kranken Hund noch einmal genau anzusehen, kniete Pucki nieder und breitete schützend beide Arme über das Tierchen aus.

„Vati, schieß lieber einen anderen Hund tot, aber nicht den Männe und nicht den Harras. – Bist du wirklich elend, mein liebes Hündchen? Pucki pflegt dich wieder gesund!“

„Du brauchst nicht mehr zu weinen, Pucki, der Vati wird noch mal den Tierdoktor rufen lassen. Vielleicht kommt Männe wieder auf die Beine. Aber ganz gesund wird er doch nicht wieder.“

„Ich werde auch immer artig sein, Vati – ich werde nicht mehr in die Lehmgrube gehen und nicht mehr mit Tannenäpfeln nach den Leuten werfen, die vorübergehen. Wenn du mich wieder in den Wald mitnimmst, geh ich immer gleich nach Hause. – Und wenn die Mutti sich mal wieder ein Kindchen holt, will ich es liebhaben. Oh, Pucki will immer nur artig sein. Aber den lieben Männe darfst du nicht totschießen, weil er so elend ist.“

Dem Förster tat der Kummer seines Kindes leid; so beschloß er zuvor, nochmals mit dem Tierarzt zu reden. Viel Hoffnung hatte er nicht mehr. Dem alten Hunde wäre es am wohlsten, wenn er ein schnelles Ende fände.

„Ich muß nun in den Wald gehen, Pucki. Sei recht brav, denn Mutti ist krank. Du darfst ihr keine Sorgen machen, darfst auch nicht lärmen.“

„Nein, Vati, Pucki ist ganz artig, du kannst ruhig in den Wald gehen, ich passe auf. – Kann ich das Hündchen herumtragen?“

„Nein, mein Kleinchen, laß Männe ganz ruhig liegen. Es ist ihm am liebsten, wenn er auf seinem Lager bleibt.“

Das Kind kniete nochmals neben dem Dackel nieder, streichelte ihn zärtlich und sagte beruhigend: „Er schießt dich nicht tot, kleines, liebes Hündchen, weil du so elend bist. Du kriegst Zucker und Muttis Medizin, dann wirst du wieder gesund.“

Der kranke Hund leckte die Händchen des Kindes, dann streckte er sich wieder aus und schloß die Augen.

Auf leisen Sohlen schlich Pucki ins Zimmer der Mutter. Sie war nicht elend, es ging ihr ganz gut, denn sie lachte noch, wenn sie Pucki sah.

„Stehste nu bald wieder auf, Mutti?“

„Ich hoffe es, mein Kind.“

„Solange du im Bett liegst, bin ich ganz artig, Mutti.“

„Dann nicht mehr?“

„Ach, Mutti, es – ist so schrecklich schwer, immer artig zu sein. Aber jetzt mache ich dir keinen Kummer, weil du krank bist. Ich habe schon so viele Tannenzapfen gesammelt; wir wollten die Leute tüchtig schmeißen. Aber solange du krank bist, schmeiße ich nicht.“

„Mein liebes, kleines Mädchen, du darfst überhaupt die Vorübergehenden nicht werfen, das machen nur unartige Jungen, die keiner liebhat.“

„Oh, Mutti“, strahlte Pucki, „die Jungens von Onkel Niepel sind immer so hübsch unartig, das macht soviel Spaß! Richtig frech ist der Paul, ganz frech!“

„Das ist schlimm, Pucki. – Ein kleines Mädchen darf niemals frech sein, kein Mensch würde dich sonst liebhaben. Und deinen Eltern machst du dadurch großen Kummer.“

„Ich will dir aber keinen Kummer machen, Mutti.“

„Dann darfst du auch mit den Niepelschen Jungen keine tollen Streiche ausführen. Du weißt genau, was gut und böse ist und wodurch du die Eltern betrübst.“

„Ja, Mutti – als ich im Auto weg war, haste dich auch ins Bett gelegt und warst krank. – Warum liegste denn jetzt im Bett? – Weil ich mich in der Lehmgrube schmutzig gemacht hab'?“

„Vielleicht, Pucki. Mutti hat sehr lange an dem weißen Kleidchen waschen müssen, dabei hat sie sich erkältet. Nun hat sie Stiche in der Brust.“

„Nur weil ich in der Lehmgrube war?“

„Weil du der Mutti viel unnütze Arbeit machst, mein Kind.“

„Ach, Mutti, dann werde ich dir gar keine Arbeit mehr machen. Dann zieh' ich mir immer erst das Kleidchen aus, wenn ich in die Lehmgrube gehe.“

„Du sollst nicht in solche Gruben laufen, Hedi. Ich denke, du willst mein artiges kleines Mädchen sein und sinnst schon wieder auf tolle Streiche. Was die Buben wollen, schickt sich nicht für Mädchen. Mutti ist recht traurig, wenn sie hören muß, daß du unartig gewesen bist.“

Hedi schmiegte die Wange zärtlich an die der Mutter. „Sollst nie mehr traurig sein, Pucki ist jetzt immer furchtbar artig und geht nicht in die Lehmgrube. – Biste nu zufrieden?“

„Ich werde mal sehen, ob du dein Versprechen hältst, Pucki. Wenn du wirklich folgsam und artig bist, ist Mutti sehr glücklich und froh, weil sie ein braves Töchterchen hat.“

„Aber der kleine Schreihals im Wagen ist doch auch nicht brav?“

„Dein kleines Schwesterchen hat noch nicht soviel Verstand wie du.“

„Nee, Mutti, der Paul sagte, kleine Kinder haben überhaupt keinen Verstand. Aber ich hab' Verstand!“

„So zeige mir, daß du überlegen kannst und sei brav.“

In der Küche bei Minna erklärte Pucki mehrfach, sie sei nun ein braves Kind, wäre nie mehr unartig und wollte der Mutti eine Freude machen.

„Wenn die Mutti krank ist und nichts arbeiten kann, helfe ich dir.“

„Du wirst was Rechtes helfen!"

„O doch, ich habe einen großen Verstand. – Soll ich für die Mutti kochen?"

„Das laß nur sein. – Aber helfen kannst du mir doch etwas, Pucki. Wenn ich nachher in den Garten gehe, darfst du mir beim Pflücken der Stachelbeeren helfen."

„Ach ja!"

Das war eine Arbeit, die Pucki so recht behagte. Minna hatte dem Kinde gesagt, daß es nur die reifen nehmen dürfe. Doch die grünen schienen die Kleine viel mehr zu locken als die reifen. Pucki pflückte gewissenhaft die reifen Früchte in das Körbchen, die unreifen schob es in den Mund.

„Minna – sie kitzeln mich im Magen!"

„Aber Pucki, du darfst doch keine unreifen Beeren auf nüchternen Magen essen!"

„Ich hab' keinen nüchternen Magen!"

„Natürlich, du hast seit dem Frühstück nichts gegessen. Vor Tisch ist es ungesund, das unreife Zeug herunterzuschlucken."

„Hahaha", lachte die Kleine, „ich hab' keinen nüchternen Magen! In dem nüchternen Magen sind schon so viele unreifen Johannisbeeren drin."

„Wenn du noch weiter unreifes Obst ißt, sage ich es der Mutti. Dann wird sie noch kränker, denn sie ärgert sich über dich."

Dieser Hinweis nützte sofort. Pucki pflückte artig das Körbchen voll Stachelbeeren und erhielt zum Schluß ein Lob von Minna.

In den nächsten Tagen bemühte sich die Kleine, sehr brav zu sein. Sie gab acht auf das Schwesterchen, scheuchte ihm die Fliegen fort, half Minna, so gut es in ihren schwachen Kräften stand, und betreute Männe, dem es tatsächlich wieder etwas besser zu gehen schien. An einem sonnigen Nachmittag erhob er sich sogar vom Lager und legte sich zu Hedis Füßen nieder, die im Garten neben dem Kinderwagen saß.

„Nu biste nicht mehr elend, lieber Männe“, sagte Pucki, indem sie das braune Fell des Tieres streichelte. „Nu wirst du gesund, dann laufen wir wieder durch den Wald.“

Männe wedelte mit dem Schwänzchen, schaute Pucki mit seinen treuen Augen liebevoll an, legte sich auf dem Kies nieder, schnappte einige Male und blieb dann ganz still.

„Er schläft“, sagte Pucki und schlich ganz leise um den Hund herum, um ihn ja nicht zu wecken. Als dann das Schwesterchen zu schreien begann, drohte ihm Pucki mit dem Fingerchen. „Bist du still, der Männe will schlafen.“

Doch die Kleine schrie weiter. Schon hatte Pucki die Hand erhoben, um dem Säugling einen Klaps zu geben, da dachte sie an ihr Versprechen.

„Du gräßlicher Schreihals, ich darf dich nicht hauen, ich muß artig sein, aber verdient hättest du Prügel. – Na, nu sei mal lieb, Mutti ist krank, und wir sollen die Mutti nicht ärgern.“

Endlich kam Minna, holte das Baby aus dem Wagen und trug es ins Haus.

„Nu komm, Männe, jetzt gehen wir auch hinein. – Männe – – Männe – – so wach doch auf, du Schlafmütze – oder – bist du wieder elend geworden, Männe? – Komm, du sollst nicht auf den kleinen Steinen liegen. – Na – hopp – so steh doch auf, Männe!“

Pucki stieß den Hund vorsichtig an, kraute ihn hinter den Ohren, strich über den Kopf – das Tier blieb regungslos liegen.

„Männe – Männe – –“ Immer lauter wurde Puckis Rufen, der Hund rührte sich nicht. Hedi wurde es unheimlich. Sie lief in die Küche und rief Minna, die noch immer mit dem Säugling beschäftigt war. Da stürmte die Kleine ins Schlafzimmer der Mutti, die heute einen so roten Kopf hatte. „Mutti, der Männe sagt nichts mehr, er schläft immerzu!“

Mutti war heute zu komisch. Sie sprach nur wenige leise Worte, dann schloß sie wieder die Augen.

Die Kleine lief erneut hinaus in den Garten, doch noch immer lag der Hund unbeweglich da. Als Minna endlich kam und den Hund anrührte, sagte sie betrübt:

„Da ist ja unser guter Männe ganz plötzlich gestorben. – Der Männe ist tot."

Erst konnte Hedi das Schreckliche nicht fassen. Immer wieder streichelte sie das Fell des Hundes, dann fragte sie leise:

„Wenn der Onkel Doktor wiederkommt, kann er den Männe nicht mehr lebendig machen?"

„Nein, Pucki, Männe hat wahrscheinlich einen Herzschlag bekommen und ist ganz schnell gestorben."

„Ganz schnell ist er gestorben, mein lieber Männe. – Nu ist er tot und bleibt immer tot?"

„Ja."

„Oh, du armer, lieber Männe, nun habe ich keinen kleinen Männe mehr!"

Pucki setzte sich neben den Hund und schluchzte bitterlich.

„Du lieber, kleiner Männe, nun bist du tot, und ich hab' dich nicht mehr zum Spielen. Ach, Minna, dabei hat er mich doch noch angelacht und ist zu mir gekommen. – Dann war er tot."

„Er hat sich nicht quälen brauchen. Nun steht sein kleines Hundeherz still, und er braucht nicht mehr zu leiden. – Weine nicht, Pucki, das Hündchen war alt, es wollte nicht länger leben."

Pucki vermochte sich jedoch nicht so rasch zu trösten. Es holte ein Stückchen Zucker und legte es vor Männe hin.

„Wenn er noch einmal zu allerletzt die Augen aufmacht, soll er noch was Schönes sehen."

Auch einige Blumen brach die Kleine ab, um sie neben den Hund zu legen. Männe war doch immer ihr lieber Spielkamerad gewesen, nun würde er nie mehr mit Hedi umhertollen.

Da kam der Vater nach Hause.

„Männe hat einen schönen und schnellen Tod gehabt, ein Herzschlag, da war er gleich weg. Wir werden ihn im Garten begraben und ihm einen Gedenkstein setzen, damit du immer an deinen lieben Spielgefährten erinnert wirst."

Viel mehr Sorgen machte dem Förster seine kranke Frau. Der Arzt hatte längst festgestellt, daß es sich hier um eine Lungenentzündung handelte. Man war daher im Forsthause in größter Sorge um die Kranke. Sandler erwartete jeden Tag seine Schwiegermutter, denn er brauchte Hilfe im Hause.

„Immer recht artig sein", mahnte Minna, „Mutti ist sehr elend, und du willst doch nicht, daß sie noch kränker wird."

Die Worte des treuen Mädchens lösten in dem Kinde eine fieberhafte Angst aus.

Just in diesem Augenblick kam Herr Sandler, die Flinte über den Rücken gehängt, ins Haus.

„Vati –" rief Pucki in größter Erregung, „die Mutti soll nicht sterben wie der Männe!"

„Klein-Hedi, wo denkst du hin, was sind das für törichte Worte! Wir wollen doch alle, daß die Mutti bald wieder gesund wird. Ich denke, morgen kommt die Großmama; sie wird die Mutti gesund pflegen."

„Dann soll die Großmama lieber schon heute kommen."

„Das geht nicht, mein Kind. Aber sei recht still und artig, damit die gute Mutti nicht noch kränker wird."

Der Arzt kam. Auf Zehenspitzen schlich das Kind hinter ihm ins Krankenzimmer. Die Mutti hatte noch immer so einen roten Kopf, sie sprach mitunter so komische Worte, die Pucki nicht verstand.

„Das ist das Fieber“, sagte Minna erklärend.

„Geht das Fieber mal wieder weg, wenn die Großmama kommt?“

„Wir wollen es wünschen, Pucki.“

Man duldete nicht, daß das Kind im Krankenzimmer verblieb. Nur von Zeit zu Zeit steckte das kleine Mädchen in großer Besorgnis den Blondkopf durch die Türspalte und warf der kranken Mutti Kußhändchen zu. Der Höhepunkt der Krankheit war erreicht, das Leben der Förstersfrau war in Gefahr.

„Wir wollen den lieben Herrgott bitten“, sagte der Vater, und seine Stimme klang ganz anders als sonst, „daß er dir die Mutti läßt, daß sie nicht stirbt.“

Es war Pucki recht angst ums Herz. Sie lief aus dem Garten, hinein in den Wald, lehnte sich an den Stamm einer Tanne, faltete die Händchen und unter heißem Weinen bat sie den lieben Gott, er möge die liebe Mutti nicht sterben lassen wie den Männe.

„Lieber Gott, ich versprech' dir wirklich, ganz toll artig zu sein, ich werde die Mutti gar nicht mehr ärgern. Aber wenn du nun schon den Männe in deinem Himmel hast, dann laß die Mutti bei mir. Mit der Mutti spielt es sich auch so schön, wenn sie gesund ist. Lieber Gott, ich will ein gutes Kind sein, aber mach die Mutti gesund.“

Vom Niepelschen Gut schickte man das Fuhrwerk. Walter und Fritz kamen, um die kleine Freundin zu holen. Das Kind wollte nicht mitgehen. Alle seine Gedanken weilten bei der Kranken, und angstvoll fragte es bald den Vati, bald Minna, ob die Mutti noch immer elend sei. Sogar nachts schlief die Kleine schlecht. Mehrfach wachte sie auf und immer kam ein kurzes Gebet über die Kinderlippen: „Lieber Gott, mache die Mutti gesund, ich will auch artig sein.“

Frau Niepel fuhr am nächsten Tage bei dem Forsthause vor; auch ihr gelang es nicht, Pucki aufs Gut zu holen.

„Ich möchte hierbleiben“, bat die Kleine mit feuchten Augen, „ich mag nicht fort. – Aber sei nicht böse, ich will doch artig sein. Das weiße Pferdchen darf ich doch streicheln?“

„Ja, das darfst du.“

Draußen stand die Kleine bei dem Pferd und weinte leise. „Kleines Pferdchen“, sagte das Mädchen, „Pucki ist so traurig.“

Der Arzt kam nachts noch einmal ins Forsthaus. Am nächsten Tage erklärte er, nun ginge es wieder besser. Die Kleine vermochte das Glück kaum zu fassen. Am liebsten hätte sie vor Freude laut geschrien. Doch das durfte nicht sein, sie wollte doch ein artiges Kind werden.

„Mutti – Mutti – Mutti –“, jubelte sie, als sie endlich das Krankenzimmer wieder betreten durfte, „nun stirbst du nicht, nun bleibst du bei Pucki. Ich hab' auch so viel gebetet!“

„Weil du solch liebes Kind warst“, sagte der Vater zärtlich, „darfst du nachher mit mir nach Rahnsburg gehen. Um fünf Uhr kommt die Großmama, wir holen sie ab.“

Obwohl Pucki die Großmama sehr liebte, bereitete es ihr viel mehr Freude, zu wissen, daß die Mutti nun wieder gesund werden würde.

„Wenn sie aufsteht, Vati, kriegt sie doch keinen Herzschlag und ist tot wie der Männe, nicht?“

„Vorläufig steht die Mutti noch lange nicht auf, und wenn sie aufsteht, brauchst du nichts mehr zu fürchten.“

„Oh, ich bin so froh, Vati!“

Pucki will Geld verdienen

Die Niepelschen Drillinge fanden es gar nicht nett, daß in der Försterei eine Großmutter angekommen war, die mit Pucki Spaziergänge unternahm und die Kleine beschäftigte. Vergeblich versuchte Paul, wenn er mittags aus der Schule kam, das kleine Mädchen zu veranlassen, mit ihm einen Streich zu machen. Er hatte sich allerlei ausgedacht und flüsterte Pucki seine Pläne zu. Dann legte die Kleine das Köpfchen auf die Seite, schaute nachdenklich zu den hohen Tannen empor und sagte:

„Mach's mal allein, ich glaube, das ärgert wieder meine Mutti, und meine Mutti ist noch immer so'n bißchen krank und kann keinen Ärger vertragen."

„Kommst du nicht endlich mal wieder zu uns, die Lehmgrube ist wieder so schön glitschig."

Hedi schüttelte heftig das Köpfchen. „In die Lehmgrube gehe ich nicht mehr, Mutti will es nicht, und die Großmutter wird es auch nicht wollen."

„Bring die Großmutter doch mit. Wir stellen sie oben auf den Berg an der Lehmgrube, lassen sie 'runterrutschen, und dann lachen wir sie aus, wenn sie schmutzig ist."

„Nein, dann muß man die Großmutter waschen, und die Mutti ist krank geworden, weil sie die Lehmgrube aus meinem Kleide waschen mußte."

„Quatsch! – Kommst du heute nachmittag? Ich werde dem Vater sagen, daß er den Wagen schickt."

„Ich werde die Großmutter mitbringen. Sie freut sich, wenn sie eure Schweinchen und eure Kühe sieht."

„Die Großmutter wollen wir nicht. Deine Großmutter können wir überhaupt nicht leiden."

„Warum denn nicht?" fragte Pucki erstaunt.

„Ach – die hat 'ne Brille auf der Nase. – Wie heißt sie eigentlich?"

„Na, Großmutter."

„Ach, Quatsch! – Jede Großmutter hat einen Namen."

„Ich nenne sie immer nur Großmutter; aber die Großmutter müßt ihr auch liebhaben, sie ist so gut zu mir."

„Unsere Großmutter heißt Alwine Hasensprung."

Pucki lachte, daß sie sich schüttelte. „Hasensprung! – Kann sie denn so hopsen wie ein Hase? – Ich habe deine Großmutter noch nicht gesehen! Sag doch deiner Großmutter, daß sie herkommen soll."

„Sie kommt nicht, sie hat noch andere Kinder, bei denen sie immer ist."

„Vielleicht kommt sie nicht, weil ihr drei unartige Jungen seid. – Mutti hat gemeint, wenn ich ein unartiger Junge bin, würde mich die Großmutter auch nicht leiden können. Aber ich will mal die Minna fragen wie die Großmutter heißt. Warte mal noch ein bißchen."

Minna war in der Küche beschäftigt, als Pucki eintrat und nach dem Namen der Großmutter fragte.

„Das ist Frau Blake."

„Und wie heißt sie noch? Dem Paul seine Großmutter heißt Alwine Hasensprung."

„Barbara Blake."

„Barbara Blake – – ist das ein komischer Name!"

Pucki lief zu ihrem Freund zurück. „Meine Großmutter hat auch 'nen komischen Namen, sie heißt – sie heißt – Blake und – und – Barber – Berber – –"

Jetzt lachte Paul. „Sie weiß nicht mal, wie die Großmutter heißt! Nu laß mal deine Großmutter zu uns kommen, die werden wir aber ärgern."

„Nein, Paul, meine Großmutter wird nicht geärgert. Meine Großmutter ist sehr gut. Wenn du sie ärgern willst, komme ich nicht."

Als aber auch Walter und Fritz Pucki herzlich baten, sie möchte bald wieder hinaus aufs Gut kommen, meinte die Kleine nachgiebig:

„Na, ich komm' bald, vielleicht schon heute."

Beim Mittagessen setzte sich Pucki ganz plötzlich auf den Schoß der Großmutter.

„Wie heißt du eigentlich? – Der Paul hat schrecklich gelacht, weil ich es nicht wußte."

„Pucki, was soll das?“ tadelte der Vater. „Man springt nicht vom Tisch auf, sondern bleibt schön auf seinem Platz sitzen, bis man fertig gegessen hat, erst dann fragt man.“

Der schwierige Vorname der Großmutter machte dem Kinde noch lange Sorgen. Gar zu schwer sprach sich dieser komische Name aus.

„Du brauchst mich gar nicht Großmutter Barbara zu nennen, Hedi“, lachte die Großmama. „Für dich bin ich die Großmutter, das genügt.“

„Großmutter, gibt es auch Engel mit grauen Haaren im Himmel?“

„Nein, die Englein haben alle lange blonde Locken.“

Die Großmutter, die so gern auf Puckis Geplauder einging, wuchs der Kleinen von Tag zu Tag mehr ans Herz. Ihr zeigte das Kind das Grab von Männe, und als die Großmutter dann einige Blümchen im Garten pflückte und auf das Grab legte, wurde sie von der Kleinen stürmisch umhalst.

„Der liebe Gott freut sich schon auf dich, weil du so gut bist! Wenn du in den Himmel kommst, läßt er alle Englein laut singen.“

„Was sollen sie denn singen?“

Pucki überlegte ein Weilchen, dann sprang sie umher, nickte heftig mit dem Kopf und sang:

„Bimmele – bammele – hopsassa, Kasperle ist wieder da! – Guten Tag, Großmutter!“

„Ganz recht, das hat der Kasper gesagt.“

„Großmutter, das war ein unartiger Kasper! Mit der Wurst hat er einen Mann gehauen, weil es eine Schlagwurst war. – Hahaha, Großmutter, hab' ich gelacht! Und dann hat der Kasperle seinen Schuh genommen und mitten durchgerissen. – Sieh mal, Großmutter, so hat er den Schuh angepackt – –“

Pucki zerrte ihren Schuh vom Fuß und riß kräftig an der Schnalle. Es gab einen Ruck, die Spange löste sich ab.

„Ach“, lachte die Kleine, „nu hab' ich's wie der Kasperle gemacht! – Nu is er kaputt!“

„Aber, Hedi! Soeben hast du mir gesagt, Kasperle sei ein unartiger Wicht, und nun machst du es genau so! Nun müssen wir den Schuh zum Schuhmacher bringen, das kostet Geld. Diese Ausgabe wäre nicht nötig gewesen. Dein Vati muß ohnehin jetzt viel bezahlen und hat kaum so viel Geld wie er braucht.“

„Warum muß er denn viel bezahlen?“

„Die Krankheit der Mutti kostet viel, und für dein kleines Schwesterchen hat der Vati auch viel bezahlen müssen.“

„Bück dich mal, Großmutter, ich möchte dir ganz leise was ins Ohr sagen. – So – Ich hätt' für das kleine Schwesterchen kein Geld ausgegeben. Wir brauchen sie nicht.“

„O doch, Pucki, wir brauchen sie.“

„Wozu brauchen wir sie, Großmutter?“

„Deine Eltern freuen sich darüber, und für dich ist es später gut, wenn du ein Schwesterchen hast.“

„Wenn es doch dem Vati so viel Geld kostet.“

„Um so weniger Ausgaben muß du den Eltern machen.“

„Großmutter, ich habe eine Sparbüchse. Soll ich die dem Vati geben?“

„Nein, Hedi, die darfst du behalten, aber nicht mutwillig Sachen entzwei machen. – Sieh mal, du kannst dir die Schuhe nicht bezahlen, du verdienst noch kein Geld, alles muß der Vati hergeben.“

Die Kleine war nachdenklich geworden. Es leuchtete ihr durchaus ein, daß der Vati Geld hergeben mußte. Auch der Groschen, den sie für den Jahrmarkt bekommen hatte, war ihr vom Vater in die Hand gelegt worden. Wenn nun eines Tages der Vater gar kein Geld mehr hatte, was sollte werden?

Am Nachmittag nahm die Großmutter Pucki mit nach Rahnsburg. Sie machte Besorgungen; schließlich suchte sie den Gärtner auf.

„Morgen steht Mutti wieder auf, da wollen wir ihr eine schöne Blume auf den Tisch stellen. Ihr habt zwar Blumen genug im Garten, aber die Mutti freut sich sehr, wenn sie noch einen hübschen Blumentopf bekommt."

Man wählte eine Hortensie von schöner blauer Farbe.

„Blumen gibt es wohl jetzt in Hülle und Fülle?" fragte Frau Blake die Gärtnersfrau.

„Gewiß, aber gerade in diesen Tagen habe ich fast alles abschneiden müssen. Wir hatten eine Doppelhochzeit und zwei Todesfälle. Blumen sind mitunter auch bei mir knapp."

„Wir haben viele Blumen im Garten", sagte Hedi.

„Das glaube ich dir gern, ich habe auch eine Menge, doch mitunter reichen sie nicht aus, und ich muß welche dazukaufen."

„Das macht Ihnen hier gewiß keine Schwierigkeiten", sagte die Großmutter.

„Mitunter doch. – Ich bekomme wohl von den Gütern allerlei, auch bringt mir der Niepelsche Wagen fast täglich Blumen mit. Doch mitunter langt es noch nicht."

Aufmerksam lauschte Pucki auf das Gespräch. Einmal sagte die Mutti, daß man aus dem Garten Blumen nehmen dürfe, das war damals gewesen, als Frau Niepel Geburtstag gehabt hatte. Die Gärtnersfrau sprach heute davon, daß sie die Blumen mitunter teuer bezahlen müsse. Der arme Vati hatte kein Geld, und die Schuhe mußten zum Schuster.

„Ich weiß was", jauchzte Pucki plötzlich.

„Was weißt du denn?"

„Sehr was Schönes, Großmutter! Das wird dem Vati Freude machen. – Ach, wie der springen wird!"

„Was ist denn los, Hedi?“

„Ich sag's nicht – ich sag's nicht – ich sag's nicht!“ Hedi sprang von einem Füßchen aufs andere und klatschte in die Hände. Für das Kind stand der Plan fest, daß es der Gärtnersfrau die Blumen aus dem Garten bringen wollte. Das Geld bekam der Vati, weil er für die kranke Mutti und das Schwesterchen viele Ausgaben hatte und ganz arm war.

„Der wird sich freuen – na, der wird sich freuen!“ wiederholte die Kleine mehrmals auf dem Heimweg.

Frau Blake lachte über das Kind, das wahrscheinlich einen kindlichen Plan erdacht hatte.

Am nächsten Morgen wartete die Kleine auf den Wagen, der die Niepelschen Kinder zur Schule brachte. Es entstand ein geheimnisvolles Flüstern. Aus drei Knabenkehlen ertönten begeisterte Zustimmungen.

„Das machen wir“, sagte Paul, „und wenn uns was übrigbleibt, wollen wir mal nachsehen, ob die Würfelbude noch dasteht. Dann holen wir uns einen großen Pfefferkuchen.“

Hedi lehnte ab. „Mein Geld bekommt der Vati, er ist ganz arm geworden, weil wir noch ein Kindchen haben.“

„Wir sind heute um drei Uhr mit dem Wagen wieder da. – Paß auf, wir fahren allein.“

„Wenn ich doch nicht mit darf?“

„Du brauchst ja nichts zu sagen!“

„Doch, ich muß immer sagen, wenn ich fortgehe.“

„Das mußt du gar nicht“, sagte Fritz fast zärtlich. „Sonst muß man es immer, aber zu Weihnachten braucht man es auch nicht zu sagen. Wir wollen doch deinem Vati Geld bringen. – Na, der wird sich aber freuen!“

Hedi überlegte ein Weilchen. Was der Fritz sagte, stimmte schon. Sie erinnerte sich an die Weihnachtsvorbereitungen. Immer wieder sagte der Vati, man müsse alles vor der Mutti geheimhalten, denn es gälte, ihr eine Freude zu machen. Wie oft hatte sie ihre kleine Flechtarbeit versteckt, wenn die Mutti das Zimmer betrat; sie war sogar heimlich mit dem Vati nach Rahnsburg gegangen.

„Nun ja“, entschied sie sich endlich, „ich komme ganz leise mit. Ich laufe bis zu der dicken Buche, und dort steige ich ganz schnell mit in den Wagen. Dann fahren wir zum Gärtner nach Rahnsburg.“

„Die Blumen mußt du aber mitbringen.“

„Hundert!“

„Das ist gut. – Wir bringen auch welche mit, dann haben wir viel Geld.“

Aber der Plan ging nicht so glatt. Als die drei Knaben das weiße Pferdchen aus dem Stall holen wollten, um es vor den Wagen zu spannen, kam der Knecht und fragte, was das zu bedeuten hätte.

„Wir fahren gleich los“, sagte Walter.

„Mit wem?“

„Allein!“

„Dann gebt mir das Pferd wieder her, euch drei kann man nicht allein fahren lassen. – Ihr wollt wohl verunglücken?“

„Wir verunglücken nicht“, sagte Walter.

Der Knecht wollte das Pferd zurück in den Stall führen, doch da begannen die Knaben laut zu schelten. Es gab einen solchen Tumult, daß Frau Niepel aufmerksam wurde und herbeikam. Auch sie untersagte energisch die Fahrt.

„Wir haben es Pucki versprochen. – Pucki wartet auf uns!“

„In einer halben Stunde fährt der Gemüsewagen zur Stadt; da könnt ihr mit.“

Die drei schmollten ein Weilchen, mußten sich jedoch fügen.

Dann jagten die Knaben in den Garten und rissen wahllos Blumen ab, stopften sie in einen Sack, um sie auf den Wagen zu legen.

„Daß es nur der Gottlieb nicht sieht.“

Doch der Kutscher fragte sofort, was in dem Sack wäre, den die Knaben auf den Wagen zu werfen suchten. Er tastete an dem Sack herum, doch Paul stieß ihn unsanft fort.

„Mir soll es recht sein“, sagte der Alte, „was Vernünftiges wird es ganz gewiß nicht sein.“ –

Währenddessen stand Pucki im Garten und wählte sorgsam die schönsten Blumen aus, die erblüht waren. Behutsam pflückten die kleinen Hände die Blümchen ab und legten sie in das Körbchen, das ihr am Arm hing.

„Ihr kommt nu zum Gärtner und dann zur Hochzeit“, sagte das Kind, „da ist es sehr schön für euch.“

Der Gedanke, daß es durch den Verkauf der Blumen dem Vater Freude und Erleichterung schaffen könne, beglückte das kleine Mädchen derart, daß es am liebsten hell aufgejubelt hätte. Großmutter schlief am Nachmittag, sonst hätte ihr Pucki die große Überraschung doch erzählt. Mehrmals lief die Kleine zu Minna in die Küche und fragte, ob es bald drei Uhr sei. Und als es endlich so weit war, huschte Pucki, das Körbchen mit den Blumen vorsichtig tragend, hinaus zur Gartenpforte und stand wenige Augenblicke später wartend an der dicken Buche.

Es dauerte geraume Zeit, ehe der Niepelsche Gemüsewagen kam.

„Du hast ja so wenig“, tadelte Paul, „da wirst du nicht viel verdienen.“

„Ich verkaufe sie sehr teuer. Die Gärtnersfrau hat gesagt, sie muß die Blumen teuer kaufen.“

In Rahnsburg hatte der Kutscher mancherlei zu erledigen. Pucki führte die Knaben nach der Gärtnerei. Paul und Walter trugen den Sack mit den gequetschten Blumen. Sie gingen nicht gerade sanft damit um, so daß Hedi unmutig sagte:

„Ihr werdet die Blümchen zerbrechen. Blümchen wollen nicht in den finsteren Sack.“

In Rahnsburg war die Kleine nicht unbekannt. Ein Ehepaar, das des Weges kam, sprach Hedi an.

„Was machst du denn hier, Hedi? Wie geht es der Mutti? – Was hast du da für schöne Blümchen?"

„Die verkaufe ich."

„So? – An wen denn?"

„An Sie", rief Paul. „Wollen Sie welche haben!"

„Du verkaufst die Blumen?"

„Ja", sagte Pucki ernsthaft, „der Vati hat doch kein Geld mehr, und meine Schuhe, die kaputt sind, müssen heilgemacht werden. Da will ich dafür Geld bekommen."

Die beiden lachten belustigt. „Was willst du denn für die Vergißmeinnicht haben?"

Hedi zuckte die Schultern. „Ich muß soviel Geld haben, daß der Vati das kleine Schwesterchen bezahlen kann und daß er meine Schuhe machen läßt."

Lachend nahm die Spaziergängerin zwei Zehnpfennigstücke aus der Börse und reichte sie dem Kinde.

„Du wirst dir sicherlich Bonbons dafür kaufen?"

Hedi strahlte. „Nein, das Geld bekommt der Vati, weil er doch keins hat."

Inzwischen hatte Paul den Sack auf die Straße gelegt, griff mit beiden Händen hinein und hielt dem Ehepaar mehrere Blumen hin.

„Mir können Sie auch welche abkaufen."

„Wie sehen denn die Blumen aus, mein Junge. – Sieh mal, diese hier haben ja kaum noch Blätter. Solche Blumen kaufe ich nicht."

Grimmig warf Paul die Blumen zurück in den Sack und hob ihn auf die Schulter. „Na, dann nicht!"

Diese kleine Szene war von der Bäckersfrau beobachtet worden, deren Laden sich gerade an der Straßenecke befand.

„Kleine Hedi, willst du mir auch Blümchen verkaufen? Ich schenke dir ein Stück Kuchen."

Sofort lief Pucki in den Laden und stellte das Körbchen auf den Tisch.

„Such dir welche aus!"

Die Bäckersfrau nahm Stiefmütterchen heraus und reichte der Kleinen ein Stück Kuchen.

Das Kind wartete ein Weilchen, dann sagte es mit leiser Bitte in der Stimme: „Du mußt mir aber noch ein bißchen Geld für den Vati geben."

Zu den zwanzig Pfennigen, die Pucki bereits hatte, wurde ein drittes Zehnpfennigstück gelegt. – Strahlend eilte das Kind zurück zu den Freunden und zeigte ihnen den verdienten Betrag.

„Wird sich der Vati aber freuen – nu haben wir viel Geld!"

Schließlich ging es zur Gärtnerei. Paul errechnete für seine Blumen eine stattliche Summe, er wollte mindestens sieben Mark einnehmen, denn sieben Mark kostete die Eisenbahn, die beim Kaufmann Römer im Fenster stand.

„Und ich kaufe mir einen Roller", sagte Walter.

„Und ich das Ding vom Fleischer, das sich immerzu dreht und soviel Wind macht."

Die Kinder kamen in die Gärtnerei. Pucki stellte artig das Körbchen mit den restlichen Blumen vor die Gärtnersfrau.

„Jetzt bringen wir dir viele Blumen, weil du doch für die Hochzeit welche brauchst. Die mußt du uns abkaufen und uns viel Geld dafür geben, denn mein Vati hat kein Geld."

„Hier hast du einen ganzen Sack voll Blumen – ich will sieben Mark haben!"

Mit diesen Worten schüttete Paul den Inhalt des Sackes vor die Gärtnersfrau hin. Wie sahen die armen Blümchen aus! Die meisten waren von den Stengeln abgebrochen, die anderen welk und zerzaust. Pucki blickte erschrocken darauf nieder.

„Oh, ihr armen, lieben Blümchen!"

„Was fällt euch denn ein, so mit den lieben Blumen umzugehen", sagte die Gärtnersfrau erregt. „Wißt ihr nicht, daß alle Blumen der himmlische Vater zur Freude der Menschen wachsen läßt, daß man sie gut behandeln muß? Dieses zerdrückte Zeug kann ich nicht brauchen. – Haben eure Eltern gesehen, daß ihr die Blumen in den Sack stecktet?"

Paul schob die Unterlippe vor, während Walter und Fritz beschämt daneben standen. Sie hatten nicht geahnt, daß die Blumen durch eine derartige Behandlung verdorben würden.

„Da lobe ich mir dein Körbchen, Kleine. Deine Blumen will ich schon nehmen, obgleich ich sie auch nicht recht brauchen kann. Vergißmeinnicht und Stiefmütterchen habe ich selbst ausreichend."

„Du hast doch gesagt, daß du Blumen brauchst?"

„Das verstehst du noch nicht, Pucki, dazu bist du noch viel zu klein, um zu wissen, welche Blumen ich brauchen kann und welche nicht. – Haben dir die Eltern gesagt, daß du mir die Blumen bringen sollst?"

„Nein, ich wollte dem Vati Geld besorgen, weil er keins hat."

„Das ist sehr schön von dir, Pucki, doch in Zukunft wird es besser sein, wenn du daheim erst fragst. Nun hast du im Garten all die Vergißmeinnicht abgepflückt, die die gute Mutti so lieb hat. Es wird ihr gewiß nicht recht sein, daß du sie mir bringst."

„Aber der Großmutti wird es recht sein und dem Vati."

„Komm, Pucki, wir wollen fort!" rief Paul. Er stopfte die Blumen zurück in den Sack, zum größten Leidwesen Hedis, die noch manches Blümchen hervorzog und in ihr Körbchen legte.

„Wenn wir sie in Wasser stellen, werden ihre Augen wieder ganz hell", meinte sie.

„Was soll ich dir nun für die Blumen geben, Pucki?"

„Ganz toll viel Geld!"

„Willst du es vernaschen?"

„Nein, dem Vati bringen."

Die Gärtnersfrau gab Hedi fünf Fünfpfennigstücke, die das Kind sorgsam in die Schürzentasche steckte. Es glaubte sich nun sehr reich und konnte kaum die Freude des Vaters erwarten, die er haben würde, wenn sie ihm das viele Geld brachte.

Vor der Gärtnerei stellte Paul den Sack mit den Blumen in die Ecke, um ihn dort stehen zu lassen. Er hatte gar keine Lust, die Last zurück zum Wagen zu tragen und daheim noch Schelte zu bekommen, weil er so viele Blumen nutzlos abgerissen hatte.

Schließlich ging es heim. Die drei Buben waren sehr mißmutig, weil sie von dem Verkauf gar nichts ernteten. Paul jammerte um seine Eisenbahn und wollte von Hedi einen Teil ihres Geldes haben. Doch die Kleine hielt ihre Geldstücke fest.

„Das ist doch für den Vati. Wenn er mal wieder viel Geld hat, sage ich ihm, daß er dir die Eisenbahn kaufen soll."

Inzwischen hatte man im Forsthause das Verschwinden des Kindes bemerkt. Allzu unruhig war man darüber nicht, da die Sonne noch hoch am Himmel stand.

„Vielleicht ist sie im Wald beim Vater", sagte die Mutter. „Hedi war in der letzten Zeit sehr brav, sie weiß, daß sie nicht fortlaufen darf."

Eine halbe Stunde später kam das Kind. Die Augen strahlten, die Bäckchen glühten vor Freude.

„Wo warst du denn?"

„Ach, Mutti – wenn der Vati doch erst wieder hier wäre! Ich habe ihm so 'ne Freude gemacht wie noch nie. – Mutti, bist du traurig, daß ich die Vergißmeinnicht aus dem Garten verkauft habe?“

„Was hast du gemacht?“

„Lieber Gott, der Vati ist so ein armer Mann, weil ich meine Schuhe kaputt gemacht habe, und nun habe ich Geld verdient. – Großmutter, du hast doch gesagt, der Vati hat kein Geld. – Sieh mal her!“

Voller Stolz legte die Kleine die acht Geldstücke auf den Tisch. Ihr Stimmchen schnappte vor Jubel fast über, als sie rief:

„Das habe ich dem Vati eingesammelt – wie wird er sich freuen!“

Anfangs wollte die Mutter tadelnde Worte sagen, sie sah jedoch, wie glücklich ihr Kind in dem Gedanken war, dem Vater helfen zu können.

„Nicht wahr, Mutti, nu hat er wieder viel Geld, nu braucht er nicht traurig zu sein. Alle Leute haben mir Geld für die Blümchen gegeben. Weißt du, wenn der Vati wieder mal für ein Kindchen was bezahlen muß, gehe ich wieder nach Rahnsburg – dann gehe ich in jedes Haus und bringe Blumen.“

Frau Sandler nahm die Kleine und drückte sie zärtlich an sich. Was Hedi heute getan hatte, war aus gutem Herzen gekommen, und dafür durfte sie das Kind nicht schelten. Später mußte sie Hedi freilich sagen, daß sie auf diese Weise kein Geld verdienen durfte.

Abends kam der Vater heim. Ehe er die Seinen begrüßen konnte, hing Pucki an seinem Halse.

„Vati, ich bin kein Pucki mehr, es geht auch nicht schlimm aus! Ich habe dir Geld gebracht, viel Geld. – Vati, jetzt bist du nicht mehr arm.“

Auch der Förster brachte es nicht fertig, seiner Tochter einen Vorwurf zu machen. Nur tadelte er, daß Hedi vorher nichts davon gesagt hatte.

„Du sollst nicht nach der Stadt gehen, ohne daß wir es wissen. Doch dieses Mal will ich nicht schelten, da ich weiß, daß du mir eine Freude bereiten wolltest.“

„Von jetzt an mache ich dir jeden Tag 'ne Freude, Vati."

Während Hedi sehr glücklich war in dem Gedanken, dem Vater geholfen zu haben, gab es bei Niepels wieder einmal strenge Strafe. Mit Tränen in den Augen sahen die drei Knaben, wie die schöne Johannisbeerspeise von anderen gegessen wurde. Ihre Teller blieben leer.

Pucki und Harras verhüten ein Unglück

So glücklich und zufrieden wie heute war Hedi lange nicht mehr gewesen. Die Mutti durfte endlich das Bett verlassen und schien gesund zu sein. Die Kleine war jedoch ein wenig enttäuscht, als ihr der Vater sagte, daß die Mutti noch lange nicht mit in den Wald gehen könnte, weil sie noch viel zu schwach wäre.

So kam es, daß das kleine Mädchen mit forschenden Blicken die Mutter betrachtete, die allmählich wieder ihrer gewohnten Arbeit nachging.

„Koch mal lieber nicht", meinte das Kind, „du bist zu schwach, wir können ja Johannisbeeren essen."

„Mutti ist froh, wenn sie wieder arbeiten kann."

Als Frau Sandler eines Tages einen Stuhl anhob, um ihn an einen anderen Platz zu stellen, eilte Pucki herbei und stellte sich der Mutter in den Weg.

„Vati sagt, du bist eine schwache Frau. Ich bin viel stärker als du. – Gib her, ich kann den Stuhl allein schleppen."

Die Großmutter, die das beobachtete, rief Pucki zu sich und küßte sie zärtlich auf die Stirn.

„So war es brav, Pucki! Immer der Mutti helfen, denn die Mutti ist wirklich noch sehr schwach. Du mußt gut auf sie aufpassen, sie darf noch nicht viel Arbeit und Mühe haben, damit sie nicht wieder krank wird."

„Aber viel Freude darf sie haben, Großmutter!"

„Freude kann sie immer brauchen."

An einem Nachmittag ging die Großmutter mit Förster Sandler nach Rahnsburg, um Einkäufe zu machen. Beim Abschiednehmen hielt sie Puckis Händchen lange fest. „Wirst du auch nicht zu laut sein, mein Kleines, und die Mutti nicht ärgern? Ich will hoffen, daß du auch heute wieder ein liebes Mädchen bist."

„Bin ich, Großmutter!"

„Gib auch gut auf die Mutti acht, damit sie sich nicht anstrengt. Laß dir von ihr eine Geschichte erzählen, sie soll im großen Lehnstuhl sitzenbleiben und nicht so viel umherlaufen. Es ist draußen unfreundliches Wetter, so daß ihr nicht in den Garten könnt."

„Geh mal ruhig in die Stadt, Großmutter, ich passe schon auf die Mutti auf und auf das kleine Schwesterchen."

„So ist es brav, Pucki."

Der Förster war mit seiner Schwiegermutter davongegangen. Pucki stand in der Küche an der Seite der Mutter und trat voller Ungeduld von einem Fuß auf den anderen. Frau Sandler schloß die Reste des Mittagessens fort und gab Minna Anweisungen fürs Abendessen. Als Minna noch eine Frage stellte, zog Hedi die Stirn kraus und sagte, indem es den Tonfall des Vaters nachahmte:

„Laß das viele Fragen sein – Kinder brauchen nicht alles zu wissen. Wir sollen die Mutti schonen – die Mutti muß nun in dem großen Lehnstuhl sitzen."

„Ich komme gleich, Pucki."

„Na, komm lieber gleich mit", sagte die Kleine und zerrte die Mutter am Rock. „Wenn du so viel stehst, dann fängt die Lunge wieder an zu husten, und du mußt wieder ins Bett."

Lächelnd fügte sich die Försterin. Sie ließ sich in dem großen Lehnstuhl am Fenster nieder. Pucki eilte herbei und schob ihr einen Schemel unter die Füße.

„Sitzt du nu weich? – Brauchst du nicht zu husten?"

„Nein, mein Kleinchen, es ist alles sehr schön. – Und nun reiche mir noch den Stopfbeutel her."

„Nein, Mutti!"

„Warum nicht? – Mutti möchte Strümpfe stopfen."

„Nein, Mutti, Großmutter hat gesagt, es macht dir keine Freude, wenn ich die Strümpfe zerreiße, die du dann stopfen mußt. Heute soll ich dir aber nur Freude machen und gut auf dich aufpassen."

„Aber Pucki, Mutti muß doch etwas tun; sie kann unmöglich im Stuhl sitzen und faulenzen."

Die Augen des Kindes ruhten auf der Mutter. Pucki wußte, daß sich der Mutter Hände immer fleißig regten, denn niemals saß sie untätig da. – Womit konnte sie ihr wohl eine Freude bereiten?

„Nun, Pucki, willst du mir endlich den Stopfbeutel holen?"

„Mutti, erzähl mir lieber eine schöne Geschichte."

Pucki setzte sich auf den Schoß der Mutter, legte die Arme um deren Hals und lauschte dem Märchen, das Frau Sandler erzählte. – Plötzlich ertönte aus dem Schlafzimmer das Weinen der kleinen Schwester. Frau Sandler machte Miene aufzustehen, doch Pucki schüttelte unwillig das Köpfchen.

„Immer muß es losschreien, wenn es so schön ist. Bleib doch hier, Mutti, ich werde es herumtragen. Es wird schon wieder still werden."

„Nein, Pucki, das macht die Mutti."

Das Kind ging mit der Mutter zum Wagen, in dem das Kindchen lag. Pucki drohte dem Schreihals mit dem Finger:

„Hat dir die Großmutter nicht auch gesagt, daß wir die Mutti liebhaben müssen und daß sie nicht viel arbeiten soll?"

Kaum war der Säugling beruhigt, als Pucki erneut darauf drang, daß sich die Mutter wieder in den Lehnstuhl setzte.

„Mutti, mach es doch", drängte Hedi, „ich soll doch auf dich aufpassen. Wenn du es nicht machst, geht alles wieder schlimm aus und Pucki ist schuld daran."

Die rührende Fürsorge des Kindes tat der Försterin wohl. Sie sah daraus, wie liebevoll und umsichtig ihr vierjähriges Töchterchen schon war. Seitdem Pucki nicht mehr täglich mit den drei wilden Knaben von Niepels spielte, war sie ruhiger und sanfter. Wenn erst das Schwesterchen größer war, würden die beiden Kinder sich gemeinsam beschäftigen können und würden nicht die tollen Streiche der Drillinge mehr mitmachen.

Bei Rückkehr der Großmutter konnte Frau Sandler mitteilen, daß Hedi die ihr übertragene Aufgabe zur vollsten Zufriedenheit erfüllt hätte.

„Wenn du auch weiterhin so lieb und brav bist, kleine Hedi, darfst du dir von der Großmutter etwas wünschen."

„Oh, ich weiß schon was!"

„Nun?"

„Klotzpantinen!"

„Was willst du nur mit den Klotzpantinen?"

„Großmutter, es klappert so wunderschön!"

„Mutti ist noch nicht ganz gesund, das Klappern würde sie stören."

„Aber wenn sie wieder ganz gesund ist, Großmutter, kriege ich dann die Klotzpantinen?"

„Nur wenn du sehr artig bist", lachte die Gefragte und nahm sich vor, dem Enkelkinde schon in den nächsten Tagen seinen Herzenswunsch zu erfüllen.

Die Besserung Frau Sandlers machte von nun an schnelle Fortschritte. Nicht mehr lange, da konnte die Förstersfrau in dem schönen grünen Wald spazierengehen. Man plante sogar für die nächsten Tage eine Fußwanderung nach Rahnsburg. Frau Sandler wollte mit der Mutter den Arzt besuchen.

Es war ein drückend heißer Junitag, als sich die beiden Frauen zum Fortgehen rüsteten. Der Förster war bereits in den Wald gegangen, und Minna machte sich auch fertig, um mit dem Säugling ein wenig spazieren zu fahren. Hedi sollte Minna begleiten.

„Kann ich nicht lieber hierbleiben, Mutti? Ich spiele auch sehr artig mit meiner Diana und dem Harras."

„Nein, Hedi, du sollst nicht allein im Haus bleiben, begleite Minna."

„Na, meinetwegen!"

Frau Sandler mit ihrer Mutter waren nach Rahnsburg gegangen; Hedi schritt artig neben dem Kinderwagen einher.

„Wollen wir nicht wieder nach Hause gehen, Minna. Ich möchte zum Harras, der ganz allein ist. – Ach, der arme liebe Hund!"

Schließlich ließ sich Minna erbitten. Als man am Forsthause angekommen war, kam gerade das Niepelsche Fuhrwerk, auf dem außer dem Kutscher Minnas Freundin Ella saß. Erst schwatzten die beiden zusammen, dann schritt Minna neben dem langsam weiterfahrenden Wagen ein Stück Weges dahin, nachdem sie Hedi eingeschärft hatte, brav bei dem Schwesterchen zu bleiben.

Die Kleine spielte vergnügt mit der Puppe und Harras, dem Jagdhund, bis plötzlich das Tier leise zu knurren und schließlich laut zu bellen begann. Immer wieder hob es den Kopf hoch, bellte lauter und immer lauter, setzte schließlich in großem Bogen über den Gartenzaun und lief in den Wald hinein. Diesmal hörte er nicht auf das laute Rufen des Kindes. Harras kam nicht zurück.

„Harras – Harras, wir sollen artig sein! Du darfst doch nicht allein in den Wald. Der Vati nimmt immer die Leine. – O je, ich darf dich doch nicht allein in den Wald gehen lassen!"

Im Hausflur hing die Hundeleine. Als Harras noch immer nicht zurückkehrte, als sein Bellen zum Heulen wurde, lief Pucki erregt davon, um den Hund zu holen.

Da kam er ihr auch schon entgegengesprungen. Er ließ sich ruhig an der Leine festmachen, zerrte jedoch das Kind weiter nach der Stelle, von der er gekommen war.

„Was hast du denn, Harras? Jaule doch nicht so sehr, oder tut dir was weh?“

Noch ein kleiner Seitenweg, dann sah Pucki, was den Hund ängstigte. Mitten zwischen den Tannen stieg Rauch empor, kleine Flämmchen hüpften am Boden entlang, krochen hin zu den dürren Zweigen und entzündeten sie.

„O je, es brennt im Wald!“

Hedi wurde vor Schreck blaß. Ein Waldbrand war dem Kinde ganz etwas Neues, aber oft schon hatte der Vater davon erzählt, was das für ein Unglück sei, und daß ein einziges Streichholz viele hundert Bäume kaputt machen könnte. So war in Hedis Gedanken das Feuer im Walde etwas Furchtbares.

Auch Harras schien zu wissen, wie furchtbar ein Waldbrand werden konnte. Dabei war das Forsthaus nicht weit ab. Einmal war ein ganzes Forsthaus durch solch einen Brand aufgefressen worden. Wenn die Flammen nun auch bis ans Forsthaus kamen? Das kleine Mädchen im Wagen verbrannte und die guten Kleider von der Mutti!

„Harras – Harras, was machen mir denn?“

Im ersten Augenblick wußte Pucki keinen Rat. Der Vati war weit fort, Mutti und Großmutter in der Stadt. Minna war auch fortgegangen.

„Kommt schnell ihr Leute, kommt schnell, im Walde ist Feuer!“

Obwohl sich Pucki anstrengte, laut zu rufen, so verhallte ihr Stimmchen doch ungehört. Die Holzschläger waren nicht mehr in jener Gegend beschäftigt. Das vierjährige Mädchen stand allein neben dem treuen

Hund und sah mit angstgeweiteten Augen, wie die Flämmchen immer lustiger nach allen Seiten auseinander hüpften.

Pucki lief nach dem Forsthaus zurück. Sollte sie nach Rahnsburg laufen? – Doch der Weg war weit bis dorthin. In Vaters Zimmer stand das Telephon. Der Vati steckte den Finger in die Drehscheibe und drehte dann ein paarmal herum. Dann sprach gleich jemand.

Pucki wußte nicht, wie der Apparat zu handhaben war. Sie hatte nur immer zugeschaut, wenn die Eltern sprachen. Kurz entschlossen nahm sie den Hörer ab, steckte das Fingerchen in die Scheibe und rief, während sie immer wieder irgendwelche Zahlen drehte:

„Der Wald brennt – der Wald brennt!"

Die Nummer, die Pucki in ihrer Erregung ganz zufällig zusammengestellt hatte, gehörte dem Spediteur Runge, der die angstvolle Stimme des Kindes vernahm.

„Wer ist denn dort, was ist los?"

„Kommt schnell ihr Leute, im Walde ist das Feuer, und der Vati ist fort."

„Wer bist du denn?"

„Ich bin Pucki, die Hedi aus dem Forsthause. Der Vati ist ein Förster und die Mutti ist krank gewesen. – Kommt doch schnell, die Flämmchen hüpfen immer weiter!"

„Brennt es in der Nähe des Forsthauses? Du bist doch die Hedi Sandler?"

„Ja, der Harras bellt immerzu, der sieht das Feuer. Oh, ich hab' solche Angst, wenn der Wald brennt."

Spediteur Runge war ein energischer Mann, der sofort die nötigen Schritte einleitete. Rasch war die Rahnsburger Feuerwehr alarmiert, und kaum drei Minuten später fuhr die Motorspritze nach dem Forsthause ab. Pucki lief zwischen dem Forsthaus und der Brandstätte ängstlich hin und her. Endlich kam auch Minna zurück; kurz hinter ihr hörte man das Klingeln der näherkommenden Feuerwehr.

„Minna, es brennt im Walde, aber der Harras paßt gut auf!"

„Was du immer hast!"

Aber schon bemerkte Minna den Brandgeruch. Sie sah zwischen den Bäumen dicken Qualm hervorkommen und schlug die Hände über dem Kopf zusammen.

„Lieber Gott, der Wald brennt, und der Förster ist nicht da!"

Da war die Feuerwehr auch schon zur Stelle. Man brauchte nicht erst nach der Brandstelle zu suchen. Das Feuer hatte sich in den letzten Minuten beträchtlich ausgedehnt, und ein rasches und energisches Eingreifen war notwendig, um die drohende Gefahr zu beseitigen. Man hatte Mühe, das erregte kleine Mädchen zurückzuhalten. Hedi wollte durchaus helfen, damit sich die schönen Bäume nicht vom Feuer fressen ließen.

„Geh aus dem Wege", sagte einer der Feuerwehrmänner, als Hedi immer wieder auftauchte, „es kann dir was passieren."

Und wirklich, schon im nächsten Augenblick ging ein Sprühregen von Funken nieder und fiel auf das blonde Köpfchen des Kindes. Glücklicherweise war sofort einer der Männer neben ihr, er riß Pucki an sich, drückte den Kopf des Kindes fest an seine Brust und löschte somit die Funken.

Pucki war sehr erschrocken; sie wußte nicht, was mit ihr geschehen war.

„Marsch heim!" rief der Mann, „oder ich bespritze dich mit Wasser."

Das ließ sich die Kleine nicht zweimal sagen. Mit schnellen Schritten eilte sie zurück zum Forsthaus. Dort stand Minna.

„Um des Himmels willen, Pucki, wie siehst du denn aus? Kind, Kind, was ist geschehen?"

Pucki wußte nicht, daß ihre goldenen Locken von den Feuerfunken abgesengt waren. Wenn der Feuerwehrmann das Unglück nicht sogleich bemerkt hätte, wäre das Kind nicht ohne beträchtlichen Schaden davongekommen.

„Was hast du denn gemacht? Sieh dich doch mal im Spiegel an."

Als das geschah, wurde Puckis Herzchen recht schwer. Sie wollte doch ein recht artiges Mädchen sein – Wie sah sie nun aus?

„Minna – ist es schlimm?“ fragte die Kleine ängstlich, nachdem sie sich lange im Spiegel angeschaut hatte.

Gar zu gern wäre das Kind trotzdem wieder in den Wald zur Brandstelle gelaufen, um zu sehen, was die Feuerwehrleute machten. Aber es war auch vom Forsthaus aus viel zu sehen. Dicker Rauch stieg kerzengerade zum Himmel empor.

Ganz plötzlich hörte Pucki die Stimme des Vaters. Er war im Laufschritt angekommen, denn auch er hatte die dicken Rauchwolken schon von weitem bemerkt. Mutter und Großmutter kehrten gleichfalls sehr bald aus Rahnsburg zurück, und mit ihnen kamen noch viele andere Männer, Frauen und Kinder, die der Waldbrand herbeigelockt hatte.

„Gelöscht“, sagte der Brandmeister endlich. „Die Gefahr ist beseitigt. Es hätte schlimm ausgehen können, wenn der Brand nicht rechtzeitig bemerkt worden wäre. Ich glaube, Herr Sandler, Ihr Haus wäre auch nicht verschont geblieben.“

Frau Sandler hielt geängstigt Pucki in den Armen.

„Wer hat den Brand zuerst entdeckt?“

„Uns hat Spediteur Runge herausgeschickt. Es wurde ihm gemeldet.“

Spediteur Runge war auch zur Brandstelle gekommen. Förster Sandler wandte sich fragend an ihn.

„Warum gerade mir der Brand von Ihrem Töchterchen gemeldet wurde, weiß ich nicht. Auf jeden Fall hat sich die Kleine sehr beherzt gezeigt.“

„Du, Pucki? Du hast Onkel Runge angerufen?“

„Es hat ein bißchen gebrannt, Vati, der Harras hat so sehr geheult. Ihm war so angst – und mir auch. Es war keiner da, da habe ich eben an deinem Apparat so'n bißchen gedreht, bis eine Stimme kam.“

„Das hast du sehr gut gemacht, Pucki. Du hast dich heute als ein guter Engel des Waldes gezeigt. Du bist keine schlimme Pucki, sondern eine sehr brave Pucki gewesen."

„Guck mal, Vati, nu hab' ich keine Haare mehr!"

Förster Sandler drückte sein Kind, das der Gefahr glücklich entronnen war, voller Inbrunst ans Herz.

„Wir haben allen Grund, dem lieben Gott zu danken, Pucki, denn er hat dich und unseren lieben Wald vor einer großen Gefahr bewahrt. Bleibe immer ein so tapferes Mädchen, so brav und klug, wie du dich heute gezeigt hast."

„Vati – vielleicht hat der schlimme Pucki im Walde gesessen und hat das Feuer angemacht. – Vati, wenn er nun verbrannt ist?"

„Dann ist eben nur meine gute Pucki geblieben."

„Ja, unsere brave Pucki aus dem Forsthause", fiel Spediteur Runge ein. „Dem Onkel Oberförster werde ich erzählen, was du für ein tüchtiges Försterkind bist. Er wird sich sehr über dich freuen."

Bereits am nächsten Tage kam Onkel Oberförster zu Pucki. Er brachte dem Kind eine schöne Puppe mit und sagte ihm, daß er sich sehr über ihr tapferes Verhalten gefreut hätte.

Es kamen noch viele, die Hedi herzliche Worte der Anerkennung sagten. Auch Onkel Niepel und die Drillinge stellten sich ein. Sie hörten das Lob des kleinen Mädchens überall, und Paul meinte:

„Wenn's weiter nichts ist – das hätte ich auch getan."

Mehr Freude als alle anerkennenden Worte wurde ihr zuteil, als die Großmutter am anderen Tage ihrem Enkelkind ein Paket in den Arm drückte.

„Das ist der Lohn für dein beherztes Tun, meine liebe kleine Pucki."

Hedi hielt gerade die schöne Puppe des Oberförsters im Arm, als die Großmutter ihr das Paket gab. Sie wickelte es auf – ein Jubelschrei tönte durchs Wohnzimmer.

„Klotzpantinen!“

Es waren ganz einfache Holzpantoffeln, doch war es die Erfüllung eines Herzenswunsches. Achtlos wurde die Puppe zur Seite gelegt; Hedi vergaß auch, von dem schönen Konfekt zu essen, das ihr Spediteur Runge gebracht hatte. Sie lief glücklich durchs Haus, durch Hof und Garten, sie hielt Harras die Klotzpantinen vor die Nase und lachte.

„Guck, weil ich das Feuer nicht hab' weitergehen lassen, habe ich Klotzpantinen bekommen. – Was hast du denn bekommen, Harras?“

Der Hund rieb seinen Kopf an Hedis Röckchen.

„Hast du nichts bekommen? – Du hast doch zuerst gebellt!“

Klappernd stürmte Pucki ins Wohnzimmer. „Großmutter, was bekommt der Harras? Der Harras hat gebellt und gejault! Großmutter, der Harras muß auch was haben, sonst gefallen mir die Klotzpantinen nicht so sehr.“

„Hast recht, Pucki, der Harras bekommt natürlich auch eine Belohnung, ich werde es dem Vati sagen.“

„Vati“, bat Pucki am Abend, als der Förster heimkam, „ich habe so schöne Klotzpantinen bekommen, der Harras muß auch was bekommen. Dem Harras sagen die Leute gar nichts, und er hat das Feuer zuerst gerochen.“

„Hast recht, Hedi, es ist sehr lieb von dir, an den treuen Harras zu denken. – Natürlich, der Harras soll auch eine Belohnung haben.“

Aus dem Rauchfang wurde eine kleine Wurst geholt.

„Hier, Hedi, gib sie dem Harras, er hat sie verdient. Aber er darf nur die Hälfte fressen, sonst wird er krank.“

Pucki rief den Hund, legte sich lang auf die Erde, die Wurst in der Hand, griff mit der Linken in das Fell des Tieres und sagte weich und zärtlich:

„Nu riech' mal, Harras, das riecht doch viel besser als der stinkige Wald. – So, nu beiß mal ab!“

Der Hund schnappte nach der Wurst.

„Das ist deine Belohnung, du liebes Tierchen! – Harras, wir beide sind tüchtige Leute. Wir hätten kein Haus mehr, wenn du nicht gebellt hättest."

Dann ließ Pucki den Hund erneut ein Stück von der Wurst abbeißen, den Rest brachte sie zur Mutter.

Als sich im Laufe der nächsten Tage noch verschiedene Rahnsburger einstellten, die Pucki belobten, rief die Kleine jedesmal nach Harras, dem treuen Hunde, und sagte zärtlich:

„Der Harras hat zuerst gebellt, nun müßt ihr auch den Harras streicheln. Der ist so klug, viel klüger als Pucki."

Und Harras duldete es gern, daß man ihm den Kopf kraulte. Er sah mit seinen treuen Augen zu seiner kleinen Herrin auf und dachte in seinem Hundesinn: Wir beiden, du und ich, wir haben es gut gemacht!